心にいつも猫をかかえて

村山早紀

Murayama Saki

心にいつも猫をかかえて

村山早紀

Murayama Saki

X-Knowledge

目次

イラスト・町猫の写真（裏表紙、221ページ含む）	マルモトイヅミ
表紙、エッセイ内の猫写真（19、213、221ページ除く）	村山早紀
ブックデザイン	岡本歌織（next door design）
校正・校閲	鷗来堂
印刷・製本	シナノ書籍印刷

しっぽの話

猫のしっぽって、どうしてこんなに可愛いんだろうと、一日に何度も思う猫飼いさんは多いと思います。

ええ、私だってもちろんそうです。

こちらに駆け寄ってくるときの、ぴんとあげた、子猫みたいなしっぽ。
楽しいことがあったときの、ぴっぴっ、と軽く震わせるしっぽ。
何かを考えているときの、ゆらゆらしたしっぽ。
誰かを追いかけっこに誘うときの、逆U字形の、先だけが下を向いたしっぽ。
しょぼんとしたときや、少し怖いときの、だらんと下げたしっぽ。
そして、ひとに甘えるときの、軽くこちらに巻き付けるようにする、優しいしっぽ。

といっても、いま家にいる千花《ちか》ちゃんは、長崎猫の定めのように、しっぽの長さがふつうの猫の半分しかありません。先が丸いとか、かぎになっているということもなく、すとーんと切り落とされたように半分の長さのしっぽ。

Twitter のフォロワーさんが、ご自分の家にも昔こういうしっぽの猫がいた、と懐かしそうに、ゴボウのようなしっぽ、と表現してらっしゃいましたが、まさにそう、そんな感じ。

ともに暮らして一年と数ヶ月を過ぎ、いまはもうその中途半端な長さになれましたが、最初に見たときはちょっとだけ驚いたものです。

忘れもしない、二〇一八年の秋に長崎県動物管理所に迎えに行って対面したとき、思わず、「あらまあ、あなたは、しっぽを半分、どこに置いてきたの？」と笑ってしまったくらいです。

動物管理所の方は、一瞬、しっぽの長さでこのお見合いが流れてはいけない、と思われたのか、

「さあさあ、とにかく抱っこしてみませんか。可愛いですよ」と、笑顔ながら素早い動きで、幼い日の千花ちゃんを私に手渡したのでした。

一度抱っこした生き物には、誰だって情が移りますものね。そういう想《おも》いがあったんじゃないかと。

でも抱っこしてもしなくても、しっぽの長さがどうだろうと、この子はもう、連れて帰ると決めていたのでした。

しっぽの話

それに何より、一目見た途端、ああやっぱりこの子だ、この子が我が家に来る猫だ、と思っていたんですよ。

いわゆる尾曲がり猫、しっぽが短かったり、うさぎのように丸かったり、長くても先が曲がっている猫は、長崎に多いといわれます。

日本列島には、長い歴史の間、世界のいろんな国や地方出身の猫たちが、食料や積荷をねずみから守るため、旅人に連れられ、海を渡ってきたのですが、長崎の場合は、南蛮貿易と呼ばれた諸外国との貿易の時代に、船乗りたちに持ち込まれた猫が先祖だといわれているようです。

そういった猫には父祖が東南アジア系の猫が多く、その末裔《まつえい》の猫は、尾曲がり猫なのだとか。

千花ちゃんの出身地は、長崎県長崎市ではなく長崎県大村《おおむら》市なのですが、大村湾の入り口にはかつて長崎港開港以前に、キリシタン大名大村純忠《おおむらすみただ》ゆかりの横瀬《よこせ》浦《うら》という港があり、ポルトガルの船も来ていたらしいので、もしかしたらご先祖はその頃海を渡ってきた猫なのかも知れません。

あるいはそのあと開港した福田《ふくだ》港にたどり着いた猫がご先祖？　いややはり長崎に来た猫がどうやってか大村まで移動して――などと考えるとき、千花ちゃんの小さなからだの中に、遠い外国の風景や海を渡る帆船の姿、昔の日本の街の姿が（その頃の長崎には教会がたくさんあり、美しい鐘の音が空に鳴りひびいていたはずです）封じこめられているようで、不思議な気持ちになるのです。

ところで、昔から日本では、尾の長い猫は年老いると妖怪猫又《ねこまた》になるという言い伝えがあって、どうも割と本気で、近い時代まで信じられていたようで、そのため、尾の短い猫は好まれ、よく飼われていたという話があるそうです。

すると千花ちゃんのような猫は、モテモテだった時代がある、ということになるわけですが、その言い伝えが本当なら、千花ちゃんは猫又になれないんだなあと、ふとかわいそうに思ったことがあります。

そこから連想して、猫又に憧れる子猫のキャラクターを思い付き、さらに膨らませていって、本が一冊分書けましたので（『コンビニたそがれ堂　猫たちの星座』ポプラ社刊）、うちの尾曲がり猫は、飼い主の仕事に貢献する立派な猫なのです。もしかして、猫又になれないとしても。


さて、我が家は先代の猫が人工哺乳でしたので、ほぼ生まれたての状態から、育ってゆく猫を見てきた経験があります。

それで、子猫としっぽの関係がどんな風に育ってゆくのかも記憶にあります。

あれ、猫にとっては、からだの一部というより、いつもそばにいる、お友達みたいなものなんですね、どうやら。

ある程度は自分の意思でも動かせるけど、猫の気持ちの変化につれて勝手に動いているようにも見えます。だからたぶん、手足と違って、完全に自分のものだという気持ちになれないような。成長してゆく上で、ある時期突然、しっぽの存在に気づいたような表情をするときがありますよね。しっぽを追いかけて、くるくる回って捕まえようとしたり。

でもどうしても追いつけないの。そりゃまあ、自分からはえてますからね。

なんとかして捕まえてくわえると、なぜか痛くて驚いたというような顔をしたり。

そのうち大きくなって落ち着いてくると、しっぽを大切に両手で抱えて、舐《な》めてやったりする時期が来ます。そのときの表情が、からだのほかの部分を舐めるときと違って、どこか優しげなんですよね。しっぽに人格……いや猫格を認めているような。とても大切なものを慈しむような顔をします。

さて、ふつうの長さのしっぽだと、猫が丸くなったり、前屈姿勢をとると、前述のような感じで、自分のしっぽを抱きかかえて舐めることができます。

が。半分の長さしかない千花ちゃんのしっぽの場合、そうしても舌がしっぽに届かないんですね。努力に努力を重ねて何とか、先の方をぺろり、くらいの感じです。

猫ほんにんには自他のしっぽの長さの違いなんてどうでもいいことでしょうから、ほんにんはそんなものかとしか思っていないのでしょうけれど、見ているこちらは切ないものがありま

しっぽの話

す。不憫《ふびん》だなあ、なんて、つい思ったりして。

そして、どうしても代々のしっぽの長かった猫たちのそれを思い浮かべてしまいます。初代猫のペルシャのランコの、ふわふわのパンパスグラスのようなしっぽ。嬉《うれ》しいときは根元だけふわっと膨らんだり、驚いたときや怒ったときは、全体がブラシのように膨らんだり。ご機嫌な気分のときは、上に上げてふわふわと揺らしながら歩いているように見えたものです。宝塚《たからづか》のトップスターが背負う羽根みたいだな、と思ったりしました。まったくもって、見事で素敵なしっぽでした。

冬の寒いとき、外に出なくてはいけないときに、

「ランちゃん、このしっぽ貸して。マフラーにして巻いていきたいから」

なんて、よくふざけて話しかけたものです。

アメショーのりや子のしっぽは、絵に描いたような美しい猫のしっぽでした。シルバータビー特有の、黒と銀のしましまが入った、長くすらっとしたしっぽで、先端がすうっと細くなっていて、そこがひとの指のように、感情にあわせて、くねくねと動くのです。面白くてよく見とれていたものです。

そして、先代の猫、拾いっ子の縞三毛《しまみけ》レニ子は、長い尾の先端が曲がった、立派な尾曲がり

猫、かぎしっぽの持ち主でした。

外から見るとわからないのですが、しっぽをさわると、骨から曲がっているのがわかりました。私相手だとからだのどこをさわっても怒らない猫だったので、よくしっぽのかぎの部分をさわって遊んでいたものです。

かぎしっぽの猫は、飼い主に幸運をもたらすといわれます。

また俗に猫は、拾われれば自分が食べる分の食い扶持《ぶち》の運は持ってくるといわれておりまして、たしかにレニ子が来てからというもの、仕事に恵まれ、猫とひとの暮らしには困らずに、幸運なことも楽しいことも多い日々が続いたように思います。

でもあの猫と出会って、いちばんの幸せは、私を深く愛してくれたひとつの命と、十九年を超えるほどの長い日々、ともに暮らせたという、そのことだったように思うのです。

遠い春の日にまだ目が開いていないあの猫と出会い、この手で守り育てた私ですが、有り余るたくさんの愛と幸せを、私はあの小さなからだから贈られたのだと、感謝しています。

ところで。

もう何十年も前のことになるのですが、猫の飼い方の本か、はたまた雑誌かムックで読んだ、こんな伝説があります。

遠い遠い昔、女王クレオパトラは、美しい七匹のシャム猫とともに暮らしていたとか。その猫たちはかぎしっぽの猫で、クレオパトラが入浴するときは、その指の指輪を尾に引っかけて預かっていたとか。入浴する主《あるじ》のそばに付き添って、その身と指輪を守っていたとか。

その伝説に添えてあった、どこか妖しげなシャム猫たちとクレオパトラのイラストを憶《おぼ》えているような気さえするのですが、どなたのどの本で読んだものか、それが定かではありません。本のサルガッソー海状態になっている、我が家のどこかにあるものか、はたまたすでに古びて手放したものか。

この伝説の内容さえも、長い年月の間に記憶の細部が変容しているのかも知れなくて。たとえば、猫の数ですが、ほんとうに七匹だったっけ、なんて書きながら首をひねっています。けれど、ずっと昔、活字でこの伝説にふれたときから、私の心の中には、女王クレオパトラの入浴に付き添う、七匹の青い目のシャム猫たちが、棲《す》んでいるのです。自分がこの目で見た記憶のようにさえ、思えるほどに。

私ごときをかのクレオパトラになぞらえるのも、おこがましいお話なのですが、ふと思ったことがあります。

この本を読んだ方たちの心の中に、私やうちの猫たちの物語が、そのかけらが、ひそやかに

しっぽの話

入り込み、時を重ねてゆくのかしら、なんてことを。

私の心の中に、古《いにしえ》の七匹のシャム猫が存在するように、この時代、長崎の街で暮らしたひとりの作家と猫たちの物語を少しでも心にとどめていただけるのかしら、なんていうことを。

時がたつにつれ、記憶も変容してゆき、そのうちに私や猫たちの名前も抜け落ちて、ただこんな女や猫たちが長崎にあの頃いたらしい、なんて風に記憶に残ってゆく。そのひとが誰かとこの本のことを話したことで、そのひとの記憶にも残ってゆく——それはどこか伝説がうまれるのに似ているような気がして。

いつか、私も千花ちゃんももういない遠い未来になっても、この本さえ、時の流れの中で忘れられ、消えてしまう時代が来ても、そんな風に、どこかの誰かの記憶のかけらになれていたら、私たちは変わらずにこの街で暮らしているのと同じような、そんな気がするのです。

あの猫この犬うさぎも小鳥も

Twitterをするようになってから、気がつくともう十年になります。

これくらい続けると、日々挨拶したり会話を楽しむ知り合いも多くなり、やりとりまではしなくても、発言をよく見るひとやら、ツイートを楽しみにしたり、気になって見守っているひとやら増えてきて、これはこれでひとつの街、日常の延長線上にある場所になってきています。

タイムラインという名前の近所の街があって、そこに建つ小さな家で暮らしていると、日々、窓越しに、いろんな言葉や会話が聞こえてくるような。

時にきれいな音楽が聞こえてきたり、素敵な絵や写真を見せてくれるひとがいたり。

桜の時季にはたくさんの桜を。花火の時季には日本中の花火大会を。最近は動画で見せてくれるひとも多くて、部屋にいながら次々に揚がる花火を楽しむこともできます。

どこよりも速いニュースや天気予報を聞いたり、書評や映画の感想をあれこれ聞いてみたり。

たまには窓を開けて、誰かとの会話を楽しんだり、扉を開けて、いろんなひとと立ち話をしてみたり。気が向けば、遠くの辻《つじ》で続いている論争を聞きに、足を運んでみたり。夜、眠れないときに、知り合いの誰かがやはり眠れないと呟《つぶや》く声が聞こえたり。どこの誰とも知らないひとが哀《かな》しみの淵《ふち》に沈んで呟く言葉に気づいて、何も言えないままにただ見守っていたりとか。ふと、誕生日に揚がる風船を見かけて、良い一年でありますように、とおまじないの言葉を置いて帰ったりとか。

私にはTwitterとはそういう場所です。それで十年続けてきましたし、たぶんこれからも変わらないでしょう。

昔――十年一昔といいますから、そういってもいいかと思いますが、思えば私が始めた頃の昔のTwitterは、まだ若く、生まれてわずか数年の新しい場所で、この場所はどういうところなのか、どんなことに気をつけて語ればいいのか、どういう場所であるべきなのか、なんて、あちこちで真面目に語り合ったりしていたものです。

一方で、他愛ない、でも罪のない楽しい言葉遊びが流行《はや》ったりして、振り返るとやはり懐かしいですね。「よるほー」、なんていまみんな知らないでしょう?

その頃からやりとりしているひとも多くて、そんなひとたちとは、特にあの震災を始めとして、この国に起きたいろんな大きな出来事をリアルタイムでともに共有したという、仲間意識のような想《おも》いがあります。

あの猫この犬うさぎも小鳥も

同じ時代の思い出を持っている、同じ過去を共有しているひとびとを見るような、そんな想いですね。

いや実際には、この国で同時代に生きていたならば、みなが同じ時代のうねりの中にいたわけなのですが、Twitterの中にいて、日々互いのツイートを読んでいたりすると、互いの存在が可視化されるんですよね。

さて、この空間も不思議なもので、もしTwitterがなかったら、何の接点もなく、出会うこともなかっただろう人間関係が無数にあります。

そのつながりがリアルの人間関係よりも希薄かというと、そういうわけでもないというのも面白い。

言葉でのやりとりを重ね、ふと呟いた互いの日々の想いや思考を共有するうちに、互いの人生の時間をも共有しているわけで、関係は深く、近しくなる。

それはやはり新しい時代の「ご近所付き合い」なのだろうと思っています。

インターネットが日常の中に溶け込み、誰にでも容易に使われるようになったことで、世界は「狭く」なりました。

私たちは世界の裏側で起きたことでも、誰かがそれを知り発信すればリアルタイムで知り、感情や知識を共有できるようになりました。

そうすることによって、今まで見えなかった、遠くの（地理的にも、自分の属している世界や日常からでも）他者の存在を知り、その感情にも気づけるようになった。それはやはり、新しい文化がもたらした、幸いなのだと思います。

世界の不幸もあるいは幸福も、知らないよりは知っていた方が良い。リアルでは遠くてわからないいろんなあれこれも知っていた方が良い。

そのことによって、世界はよりよい方向に、少しでも変わって行けると思うからです。


Twitter の新しい「ご近所付き合い」も、そのひとつの現れなのだと思います。

私たちは、これまでと同じ場所で暮らしながら、新しい街に生きるようになったのでしょう。

そして、そこで暮らすようになったのは、人間だけではなく、我々とともに暮らす、家族である動物たちもある意味そうなわけでして。


日々、写真や動画や、愛《いと》おしさがあふれる文章で紹介される、Twitter 上の猫、そして犬たち。うさぎに小鳥に、お魚に、その他いろんないきものたち。

彼らとも私たちは同じ街で生きているのだなあと思います。

実際には、一生この手でふれることも、声をかけることもないままであろう、遠くの犬猫

（うさぎなどその他可愛いあれこれ）であっても、その存在を知り、その子を愛しているひとびとの声と想いを知るうちに、よく知っている可愛い犬猫になってゆくのでありまして。

特に話しかけなくても、画面越しにいつも愛《め》でていて、その健康や長生きを祈っている存在は、Twitter上にたくさんいるのです。


これはもちろん私だけのことではなくて、おかげさまで我が家の猫たちも、Twitter上の街のみなさまに可愛がっていただけています。

ありがたいことだと思います。

たとえば千花《ちか》ちゃんの写真をアップすると可愛い、と声がかかるのは、まあ本当のことだから当たり前のこととしましても、

「千花ちゃんの成長を日々見守っていると、我が家の猫のようで」

「どうしても千花ちゃんを贔屓《ひいき》してしまって、同じ大きさの子猫を見かけると、『うちの千花ちゃんの方が可愛い』なんて思っちゃうんですよ。うちの猫じゃないのに」

なんて言葉をかけていただくたびに、ありがたくて、あの子も幸せな猫だと思います。


一方で、犬猫はどうしてもひとよりも寿命が短く、いろんな可愛い子たちとの別れの報告のツイートを読むこともあります。

あ の 猫 こ の 犬 う さ ぎ も 小 鳥 も

世界にたった一匹の命が、その家で暮らし、深く愛されて、日々幸せに過ごしたこと、そうしてその魂が地上を離れたこと——。

おそらく、リアルでは知ることがなかっただろう、その子の存在と生涯を、見送ったひとびとの心情を知り、別れを惜しむことができる。

それもやはり、幸いなのだと私は思うのです。消えていった魂を、その魂を愛していた誰かの心を愛おしむことができるから。

言葉をあえてかけないまま見送ることも多いのですが、そんなとき、画面越しにいろんなことをいつも祈っています。

あの子猫たちも老いた猫たちも、この老犬も、あのうさぎさんも小鳥たちも、生まれつき弱かったり、闘病していたあの子たちも、路上で病んだり傷付いて拾われた子たちも、最期まで、みんな頑張ったね、幸せだったね、とそっと泣いたりもします。

そうして、ずっと覚えています。その子たちの生前の日々のことも、最期の日々の出来事も。愛らしい写真の中の表情も、幸せだった頃の記録も、別れたときのその子を愛したひとびとの、悲哀に満ちた呟きも、いってしまった大切な存在への、尽きぬ愛がこめられた、感謝の言葉も。

我が家の先代の猫、老猫《ろうびょう》のレニ子が死んだとき、Twitterで、たくさんの方たちから、ほんとうにたくさんの心がこもった声をかけていただき、たくさんの優しい思いやりをいただきました。

もちろん、飼い主である私自身への思いやり故の優しさもあったのだとわかっていますが、あの子も、この街の愛された猫の一匹だったのだなあと思うのです。


たとえばあのとき、ある書店員さんが、私がいままでTwitterに上げていたレニ子の写真を一枚一枚集め、まとめて、二冊のアルバムにして送ってくださいました。

手元からいなくなってしまった猫が戻ってきたようでした。若く元気だった頃の姿で。

画家さんが、写真をもとにあの猫の肖像画を描き上げて、お忙しい中、サイン会の会場に届けに来てくださったことも忘れられません。

その絵の中にも、レニ子は生きていました。


飼い主たちの手元を離れた、犬の猫のうさぎの小鳥のお魚の――ふかふかの毛並みの、翼や鱗《うろこ》を持つ命たちの、その魂は、いったんはこの地上から消えてしまったように見えます。でも、Twitterの街の中では、時折甦《よみがえ》るというか、生き続けているようにも思えるのです。

みんなの記憶の中に。

心の奥に。

誰かが覚えていてくれるかぎり、時折思い出してくださるかぎり、あの子たちの存在は消えないような気がするのです。

たとえ、不幸にして短く儚《はかな》く終わった命があったとしても、きっと。

やはりこの場所は、新しい街。
幸いな場所だと思います。

たくさんの愛や記憶や、無限の懐かしさが漂う世界なのだと思うのです。

春・あるとらねこの物語

中島川《なかしまがわ》沿いの、石橋がいくつも並んでいる辺り。

苔《こけ》むした石橋や、その界隈《かいわい》に住んでいるひとたちが育てている緑や花々が美しい辺りに、きじとらのとら子は住んでいました。

猫が好きなひとたちに撫《な》でられ、ご飯を貰《もら》い、軒下や植木鉢のそばに寝床を用意して貰ったりしながら、気がつくと年をとり、すっかりおばあさんの猫になっていました。


　とら子にはたくさんの素敵な寝床がありましたが、いちばんお気に入りの場所は、教会の庭でした。そこには一本の古い桜の木が植えられていて、とら子の寝床はそこに置かれた籐《とう》のかご。毛布にくるまれて眠ると、空からはらはらと桜の花びらが降ってきて、とら子は飽きずにそれに見とれるのでした。

　ときどき、窓の方から、オルガンの音や、教会に来るひとびとがうたう声が聞こえることもありました。「お祈り」をしたりもしているようでした。お祈りというのは、とら子にはよくわからないことなのですが、見えないけどどこか近くにいるらしい「かみさま」に一生懸命にお願いをすると、不思議な力で願い事を聞いてくれるらしいのです。

　ずっと前に、とら子が病気になったとき、牧師さんが獣医さんに連れて行ってくれて、そん

な話をして、「お祈り」してくれました。

とら子の病気は治ったので、「かみさま」はほんとうにいるのかも知れない、ととら子は思っています。

こうして春の空を見回してみても、どこにもそれらしい姿は見えないし、長生きしても、一度も会うことはないままになってしまいそうですけれど。


さて、とら子がうたた寝していると、通り過ぎるひとたちは、「可愛い」「可愛いねえ」なんて声をかけてくれて、そんなとき、とら子はありがとう、の想《おも》いを込めて、目を細くして笑ったりするのですが、とら子の方でも、人間たちを見ると、「可愛い」「素敵ね」なんて思っていたりするのでした。

特に、馴染《なじ》みの商店街や通りを、いつも通る子どもたちとか。雀《すずめ》の雛《ひな》の群れのように、きゃあきゃあ騒いだりはしゃいだりしながら、通りを行く小さな子どもたちは、とら子の目には、特に愛らしく見えたりもしました。ましてやその子たちが猫好きで、「ねこちゃん」「とら子」なんていって駆け寄ってきてくれたりしたら、子どもたちに寄り添い、その顔や手を舐《な》めてやらずにはいられないというものです。

そもそも猫は、ひとよりも早く、おとなになり、年老いてゆくもの。おとなになるのに長い長い時間がかかる人間の子どもたちは、我が子や孫みたいに見えてしまうこともあるのでした。

そんな子どもたちの中に、ひとり、特に気になる子どもがいました。

ほかの子どもたちよりも、小さく、か細くて、友達にふざけて押されても泣いてしまうような、弱々しい感じの女の子です。背中のランドセルがいつも大きく、重そうに見えました。みんなのうしろから少し遅れて、隠れてついてくるような、そんな女の子です。

けれどその子は、子どもたちの誰よりも、とら子を撫でるのが上手でした。

子どもというのはどうしても、猫をぬいぐるみのように扱いがちで、愛情がこもっていても、正直乱暴な撫で方になるものです。

でもその女の子は、そっとそっと、とら子が痛くないように、気持ちいいように、優しく撫でてくれるのでした。

学校帰り、友達と一緒のとき以外も、女の子は、街のいろんなところにいるとら子を探して、訪ねてきてくれました。

「とら子がうちの猫になってくれればよかとになあ」

女の子がそういったことがあります。

あれは何年か前の冬の夕方。とら子をぎゅうっと抱きしめて、女の子は、寂《さみ》しそうにいったのです。

「わたしが住んでるマンションは、猫ば飼ったらいかんお部屋なんよ。ママは『とら子は街のみんなに可愛がられとるけん幸せなんよ』っていうばってん、そうなんかなぁ、ってわたしは思うと。――ひとりぼっちでお外におるとは辛《つら》かよね。寂しかよね」

とら子は何もいわないで、女の子に頭をこすりつけました。

「うちはパパもママもお仕事の帰りの遅くなるときがよくあると。そがんときはね、おうちの中におっても怖いし、寂しくなるもの。ひとりぼっちは辛かよね」

とら子は女の子の細い首に寄り添い、両の前足で抱きしめるようにすると、頭を何度もこすりつけました。その日はとても寒い日でした。女の子が少しでもあたたかくなるように、とら子は小さな腕で、女の子を抱きしめたのです。

そして、今年の春の宵。

雨上がりのその午後も、あの女の子はとら子を訪ねてきて、何度も撫でて、ぎゅうっと抱きしめてくれました。

最近のとら子は、ほんとうに年をとって、動くことも面倒になってしまい、一日中教会の庭で寝ていることが多くなってきたのですが、女の子は、とら子と一緒に桜の花びらの雨に打たれ、髪や肩の上に花びらを載せて、「またね」と帰って行きました。

雨上がりの濡《ぬ》れた石畳に、足を滑らせて、転びそうになり、危うく立ち直ると、へへへと笑って帰って行きました。

女の子は最初に出会った頃よりも大きくなって、もうランドセルは背負っていませんでした

けれど、でも、か細いのも、小さいのも、幼い日のままに見えました。

とら子は、思いました。

またね、とあの子はいうけれど、自分はあとどれくらい、あの子に会うことができるのだろう、と。

人間は大きくなるのに時間がかかるから、あの子がこの先しっかりしたおとなになるまで、自分が生きていられるとは思いませんでした。

あの子はあんなに小さくて、他の子よりも弱々しくて、大丈夫なのかな、と思いました。

とら子がいなくなれば、あの子が、ぎゅうっと抱きしめる猫は、いなくなります。あの子をあたためてあげる猫も、いなくなります。

あの子はあんなに寂しがりやなのに、とら子がいなくても大丈夫なのでしょうか。


雨上がりの教会の庭の桜の木の下で、年老いた猫は目を閉じ、ふと、「かみさま」に「お祈り」をしてみようと思いました。

この先、自分がこの街にいなくなっても、あの優しい女の子が元気で幸せでいられるかどうか、わたしに教えてください、と。

できることなら、一目でいい、おとなになって、元気にたくましくなったあの子の姿が見たいです、と。

その「お祈り」が叶《かな》うなら、自分はいますぐ死んでしまってもかまわない。

猫はそう思ってぎゅっと目を閉じました。

風に桜の花びらが舞って、とら子に優しく降りかかりました。

見えない誰かの手がふれるように。


気がつくと、とら子は、教会のすぐそばの石橋の上にいました。

おや、自分はいつの間に、こんなところにきたのだろう、ととら子は首をかしげます。

夢を見ているのかと思いましたが、濡れた石畳を踏みしめる足の裏は冷たくて、これはどうも、ほんとうのことのようなのでした。

街路樹の柳の木は、黄昏《たそがれ》の空気の中、柔らかに春の緑色の葉と枝を揺らし、とら子は春が来るたびに見ていたその様子に、見とれました。

雨上がりの空は、洗われたように美しく、いっぱいの光に満ちていました。

そのときでした。

石橋の向こうから、小さな女の子がランドセルを背負って、急ぎ足で駆けてきました。

ああ、あの女の子だ、と、とら子はかすむ目で思いました。

「ねこちゃん」

女の子は笑顔でそういうと、両方の手を伸ばして、とら子に駆け寄り、抱きしめようとしました。背中でたぷたぷと音を立てて、ランドセルが揺れます。

とら子は不思議に思いました。

あの子はもう大きくなって、ランドセルは背負わなくなっていたと思うのに。

そう、駆け寄ってくるその女の子は、たしかにあの女の子なのに、さっき会って別れたばかりのあの子よりも小さくて、か細いように見えました。

ふと女の子が、濡れた石畳に足を滑らせました。あっ、と小さく声を上げて、倒れそうになります。

とら子は思わず駆けだして、女の子のからだの下に身を投げだしました。

優しくて小さなその子が、怪我《けが》をしないように。濡れた石畳で汚れてしまわないように。

小さな、けれど老いたとら子にはずっしりと重いからだを受け止めて、とら子は石橋の上に横たわりました。

弾みで捻《ひね》った足が痛くて。下敷きになった胸とおなかが苦しくて。

けれど、女の子が、とら子を抱きしめて、ねこちゃん、ねこちゃん、と呼んでくれたので、とら子は、目を閉じ、もういいや、と思いました。ただできれば——ねこちゃんではなく、いつものように、とら子、と呼んでくれればいいのに、と少しだけ思いました。

とら子は、女の子が自分の名前を呼ぶときの、優しい声が好きだったのです。

そのときでした。

「まあ、どげんしたと？」

どこか懐かしい声がして、優しい、良い匂いの手が、とら子を撫でてくれました。

小さな女の子が、そのひとをママ、と呼びました。自分がころんだこと、とら子が下敷きになったことを、涙声で、話しました。

「猫さん、ありがとうねぇ」

女の子のお母さんはそういうと、そっととら子を抱き上げました。痛くないように、そっとそっと優しく抱き上げてくれたのです。

「病院に行きましょうね。念のためにね」

女の子のお母さんは、とら子を胸元に抱いて、ゆっくり歩き始めました。

「懐かしかねぇ」

ふと、いいました。

「ママね、昔、子どもん頃、仲の良か猫さんのおったと。こがん風に抱っこしたりしたとよ」

「お友達やったと？」

「うん。いちばんのお友達やった。でもね、今日みたいな春の日に、おらんごとなってしもうたと。猫は死ぬときに姿を消すっていうけん、どこかで死んでしもうたとかも。ママ、寂しくて、ずぅっと猫さんのことば探しとったとよ。でも、どんがん探してももう会えんかった」

お母さんがとら子を抱く腕に、少しだけ、力がこもりました。

「この猫さんとおんなじ、きじとらでさ、おばあさんの猫で。とっても優しかったとよ」

「また会えたら良かったねえ」

「そがんねえ。ママ、神様にもう一度友達に会わせてくださいってお祈りしたとばってん、ママ、あんまりいい子じゃなかったけんかな、神様、お願いば聞いてくれんかったと」

「えー。神様って意地悪かね」

お母さんは笑いました。

「ふふふ。ママもちょっとそう思ったわ。なーんて、神様には内緒」

お母さんはそういうと、立ち止まり、人差し指を口元にあてて笑いました。女の子も同じ仕草をして、笑います。

お母さんは、また歩き出して、ゆっくりと橋を渡りました。とら子に話しかけました。

「あなたもおうちのない猫なん？　そいなら、よかったら、うちの猫になってくれたら嬉《うれ》しかよ。もうずぅっと長かこと、うち、ぎゅうってできる友達の欲しかったと。この子もそがん友達のおると、幸せやろうって思うとよ」

ついでにいうと、うちの旦那《だんな》も、すごい猫好きなのよ、と明るくお母さんは笑いました。

「うちは犬や猫も暮らせるおうちやけん、安心しとってよかとよ。昔ね、猫と暮らせんマンションに住んどったけん、大好きな友達ば連れて帰れんかったと。毎日、どんがん悲しくても、お別れが寂しくても、あの子とさよならせんといけんかったと。

もう二度と、友達とさよならせんでよかごと、大きくなったわたしは、猫と暮らせるおうちに住んどると。絶対そがん家が良かっちうて、頑張って買ったとやもん」

とら子には人間の言葉が話せません。だから、かわりにお母さんの顔を舐めました。

お母さんは微笑《ほほえ》んでいいました。

「あぁ、懐かしかなぁ。子どもの頃の大好きな友達ば抱っこしとるごた。ねぇ、あなたのことばとら子って呼んでよか？　大好きなあの子の名前で」

とら子は、両の前足でぎゅうっとそのひとの首と肩を抱きしめました。遠い日に、そのひとが大好きだった仕草で。喉を鳴らして、そのひとの首や肩に、顔をこすりつけました。

黄昏時の空には、どこからか飛んできた桜の花びらが、はらはらと舞っていました。

（長崎弁翻訳　メトロ書店　川崎綾子）

タスカンソウル

先代の猫こと、縞三毛《しまみけ》のレニは愛称レニ子。推定生後一日くらいで、公園にへその緒つきで捨てられていた猫でした。

同じような柄で七匹まとめて捨てられていた赤ちゃん猫の一匹で、残り六匹のきょうだいは近所のペット美容院の方が育てました。子猫たちは可愛く育ち、大切に里子に出されました。

その方はお米屋さんの奥様でもあり、一匹手元に残したので、たまにお米屋さんに行くと、成長後のその子と遭遇することもあり、さすがきょうだい猫、レニ子と顔立ちや性格が似ていて面白かったです。

残りのきょうだいたちは、それぞれどんな家で、どんな生涯を送ったのかなあと、思いを馳《は》せることがあります。お米屋さんの猫やレニ子のように、長く生きたでしょうか？　幸せに日々を過ごしたのでしょうか？

生まれたての赤ちゃん猫は、目は閉じたまま、それどころか耳の穴も開いていなくて、ただ匂いを嗅ぐことだけで世界のいろんなものにふれます。まだ歩けない、這《は》うこともろくに出来なかった頃の、鼻先を上に向けてひたすら周囲の匂いを嗅いでいた、あの頃のレニ子の様子はいまも覚えています。手のひらにのるほどの大きさの、小さな小さな猫。匂いだけで世界を知ろうとしていた小さな魂。

いまなら動画を撮影するところなんでしょうね。昔のことですから、私の記憶と数枚の写真に残るだけです。小さなからだを頬に寄せたときふれたぬくもりのいとしさと、かすかな吐息。小さな雨粒が落ちる音のように聞こえた、喉を鳴らす音。駆けてゆくような速さで打つ鼓動。過去はいまも私の宝物です。あの猫はもう私のそばにいなくても。

拾ったのは三月初旬。寒くて乾燥する時期ですから、蓋付きのプラスチックの水槽に柔らかな布を敷き、少しでも寂《さみ》しくないようにぬいぐるみを入れて、小さな湯たんぽを作って添えて、あたためながら育てました。

我が人生初の、そしてたぶん最後の人工哺乳。本を読んで、赤ちゃん猫の育て方を調べながら育てました。日本にインターネットが普及する前のことでした。

赤ちゃん猫はなかなか育たない、死ぬことも多い、という記述を見ては、涙目になりながら。

そんなある朝、カーテンを開けると、目をつぶったままの顔をもたげて、小鳥のような声で、

タスカンソウル

ぴゃーぴゃーと鳴くようになりました。私が起きてカーテンを開ければ、朝のミルクが貰《もら》えると小さな頭で覚えたのでしょう。まぶたごしの明るさを感じるようになったのか、耳が聞こえるようになってきていて、カーテンの開く音を覚えたのか、そのどちらもなのか。

手のひらサイズの命なのに、なんとまあ、と感動したのを覚えています。

そして目が開き、耳もはっきり聞こえるようになり、その頃には、自分の名前も覚えていて、機敏で愛らしい、子猫時代に突入していったのでした。

手足がグローブをはめたように大きくて、ペット美容院の方に、この子は大きくなりますよ、と予言されていたとおりに、大きく健康な子猫にすくすく育ってくれました。

捨てられていた子ですから、どんな血筋の猫なのかはもちろんわかりません。

ただ、昔ながらの和猫に比べると、鼻筋が長く、耳が大きく、手足が長かったので、どこかで洋猫の血を引いていたのだろうと思います。

宅配便のひとがレニ子を見て、「この生き物は何ですか。猫ですか?」なんて驚くくらいには、背が高い、骨格のしっかりとした、大きな猫になりました。

レニ子はとても賢い猫に育ちました。それはよかったのですが、性格なのかそういう血筋なのか、私ひとりになついて、ほかの家族や知らないひとには目もくれない猫になりました。

一応は興味深げに見つめたりするのですが、撫《な》でようとしたりするものなら、容赦なく爪を出した前足で叩《たた》きます。威嚇すらしません。顔色ひとつ変えずに叩くのです。

うちの弟一家にいたっては、彼女に完全に馬鹿にされてしまって、顔を上げたまま近づいていって、無造作に猫パンチ。どうかすると家具の陰に隠れていて、突然襲いかかったりもするようになったので、小さな姪《めい》は怖がって泣くし、弟一家には、通称「怖い猫」と呼ばれることになりました。

レニ子は子猫時代はペルシャ猫のランコと一緒に家にいて、そのあとはアメショーのりやとともにいたので、二匹の猫と性格を比べられたりもしたのでしょう。

臆病で慎重なランコと、誰にでもフレンドリーで明るいりやに比べられれば、「怖い猫」と思われ呼ばれてしまっても、仕方なかったのかも知れません。——実際、問答無用に襲いかかってもいたわけですから。


ひとにも猫にも危険なので、弟一家が我が家に遊びに来るときは、レニ子は私の部屋に入れて、部屋の扉を閉めていましたっけ。

彼女からすると、ここは自分の家で、そこによそのひとが来るから追い払おうとしていたのかも知れません。それがわかっていたので叱れませんでした。

小さかった姪が、幼児らしいパワフルな感情表現をしたり、走り回ったりするのが、猫としては気に入らなかったのかも、とも思います。

私の育て方も悪かったのかも知れませんが、お米屋さんで育ったきょうだい猫もそんな感じで、始終いろんなひとと出会う環境で育ちながら、お米屋さんのご主人ひとりにしかなつかなかったらしいので、そういうシャム猫風の、信頼したひとただひとりに心を許し、忠実な性格を受け継いで生まれた猫だったのかなと思わなくもありません。

そう思うと、シングルコートのぺそっとした毛並みも、微妙にポイントに似ていた鼻先の薄茶色も、賢さも気性の荒さも、すべてがシャム猫の血筋故のことなのかな、と思えたりもして。

昔はお外に普通に放されていましたからね、シャム猫さん。日本にたくさんいた時期がありました。その中の一匹が先祖にいたのかも、と。

弟一家に「怖い猫」と呼ばれていたレニ子は、かかりつけの獣医さんでは、主治医の先生に、冗談半分に「凶暴ですね」「危ないですね」といわれたりもしていました。獣医さんも恐れずに、無言でたちむかう猫でした。

私が平謝りに謝ると、「これはこれで可愛いです」なんて笑顔でいっていただけて、申し訳なくもやはり嬉《うれ》しかったですね。

タ ス カ ン ソ ウ ル

レニ子の最期を看取っていただけたこともあり、先生やスタッフの皆様には感謝ばかりです。

そんなレニ子ですが、私が旅行に行ったりして家を空けて、数日ぶりに帰宅すると、いつもしばらくは混乱していました。

帰宅が嬉しかったように走って迎えに来るものの、撫でようとすると猫パンチ。どうしたのと近づくと威嚇して、襲いかかってこようとするんですね。

はて、と思ってあるとき気づきました。

「匂い」が違うんだなあと。旅先の空港や駅やホテルや、見知らぬ街の匂いを身にまとう私は、知らないひとに思えたのでしょう。

レニ子は、たぶん何よりも匂いで私を覚えていて、それで他人との違いを判断していたのです。見えたり聞こえたりするより前の、赤ちゃんの頃に覚えたから。

後追いで、声や外見を記憶したので、匂いが私でないと、それは私とは別人に思えたのでしょう。

声と見た目が「大好きなひと」なのに、匂いが別人の見知らぬ誰かが家に来て、馴《な》れ馴れしく自分に近づいてくる、って、猫視点ではさぞかし不気味だったのだろうと。

そう推理してから、旅行のあとは帰宅してすぐ浴室に向かい、お湯を浴びて、部屋着や寝間着に着替えるようにしました。

そうしてからは、レニ子に不審がられることはなくなりました。お風呂からあがってくれば、抱っこもなでなでもいつもの通りに許してくれて、帰ってきた、と大喜びなのでした。


この推測が当たっていたのだろうなあと思うとき、懐かしく思い出すのは、アメショーのりや、通称りや子です。

彼女はペットショップで生後三〜四ヶ月くらいまで大きくなってからうちに来た猫なので、嗅覚だけでなく、視覚や聴覚や、全体的な雰囲気で私を覚えていたのでしょうね。

旅行に出て、匂いが変わって帰ってきても、迎えに来たりや子はまるで気にせず、お帰りなさい、お帰りなさい、と嬉しそうでした。

いつからか、私が旅行から帰宅するとき、おそらくは私のキャリーバッグの車輪の音を覚えて、その音が我が家に近づく頃に玄関のそばに行って、帰宅を待っていてくれるようになりました。

あるいは音ではなく、猫特有の直感で帰宅を感じていたのかも知れません。これぱかりは、今はもうここにいないりや子に訊《き》いてみないとわかりませんが。

いつか虹の橋のたもとで、そんな話をすることがあるでしょうか。

縞三毛レニ子が、その最後の入院のとき、退院できないままに病院で死んだあと。棺《ひつぎ》に入れていただいた亡骸《なきがら》を我が家に連れ帰ってきたのですが、抱っこして、彼女の大好きな家のなかをもう一度ぐるりと見せてあげました。十九年間彼女が歩き、眠り、駆け抜けた場所を、ひとつひとつ話しかけながら見せてあげました。

まだからだはあたたかく柔らかいのに、もう私の胸に大きな頭をすり寄せることも、満足そうに喉を鳴らすことも、前足を私の肩にかけることもなくて、ただだらりと頭を落とすだけ。抱いて歩けば首がふらふらと揺れるだけ。

それが切なくて泣けました。

生前、レニ子は私に抱っこされるのが何より好きでした。大きな頭を私の胸にもたせかけて、鼻からふうっと息を吐いて、目を閉じ、喉を鳴らすのでした。私の首筋や耳の後ろ辺りに鼻を寄せ、匂いを嗅ぐのが好きでした。

人工哺乳で育てられた彼女にとって、私という人間は疑うこともないほど大切なお母さんで、私の匂いは懐かしいお母さんの匂いだったのだろうと思います。

私も彼女の柔らかなおなかや、滑らかな背中に顔を伏せて、日なたのような匂いを嗅いだり、肉球のポップコーンのように香ばしい匂いを嗅ぐのが好きでした。

猫たちが寄り添って眠るように、柔らかであたたかなからだを抱っこして、目を閉じているのが好きでした。

さよならになるのなら、最後はもう入院させずに家に置けば良かったと思いました。そうすれば抱っこしたまま看取ってやれたのに、と。

いろんな場所で書いたことですが、レニ子のその生涯の最後の数日を、私は長編小説の原稿を書き上げながら過ごしました。

そして彼女を見送り、ほぼ同時にその小説を書き上げたあと、手元にはもうひとつ、児童書の仕事のゲラが残っていました。

それを持って、ふらりと長崎駅前のホテルに連泊しました。猫がいなくなった家にいたくなかったんですね。現実逃避気味に、ちょっと高めの、老舗のホテルに行きました。

六月の終わり頃のことです。滞在中、滅多に見たことがないような、スコールじみた大雨が高層階の部屋の大きな窓に叩きつけるように降り注ぎました。

空が身もだえして、号泣しているような雨でした。

部屋のアメニティがフェラガモのタスカンソウルでした。樹木と柑橘《かんきつ》の香りで、異国のそれのような雨が降りしきるせいで昼もなお薄暗い部屋で、凛《りん》とした優しい香りを放ちました。連泊した上に、ダブルのお部屋だったので、アメニティをたくさんいただきました。仕事が終わってチェックアウトするとき、使わなかったものはそのまま貰って帰りました。

あの日のアメニティは、仕事部屋に置いています。使い切る気持ちになれず、たまに、少しずつ封を切って使いながら。

きっとその香りを嗅ぐごとに、あの日、スコールのような雨に包まれていた、駅前のホテルでの数日を思い出すのだろうと思います。

夏・八月の黒い子猫

八月十五日。静かに満月が昇る夜。

日が落ちて、やや涼しくなったとはいえ、生ぬるい空気はまだまだ夏のものでした。

長崎は精霊流《しょうろうなが》しの夜でした。国道の歩道側、普段はバスが通る辺りを、曳《ひ》かれたり押されたりしながら、ゆっくり移動してゆく精霊船。付き添うひとびとが鳴らす、チャンコンチャンコン、という鉦《かね》の音と、どーいどーい、というかけ声が響きます。連なるように道をゆく船たちには、提灯《ちょうちん》がいくつも飾られ、そのすべてに華やかに灯りが灯《とも》されています。

歩道には、綺麗《きれい》な船が来ないかとスマートフォンやカメラを手に待ち構える、内外の観光客や、地元のひとびとや。遠くからそれとなく船に付き添って歩くひとびともいます。

船を流すひとびとは、時折行く手の道路に、爆竹を投げます。耳を聾《ろう》するような爆竹の音が、豪雨のような響きで鳴り続けていました。

「しまった。耳栓を忘れた」

漂う爆竹の煙の中、透《とおる》は両耳を塞ぎながら、にぎわう人波の陰に隠れるようにしました。

場所は昔でいう、県庁坂の辺り。いまは呼び名が変わったとか、変わる予定があるとか、さっき出がけに、泊まっているホテルのフロントのひとに聞いたような気がします。

名前が変わるのも道理というか、坂のそばにあった長崎県庁は取り壊され、工事中の塀だけが殺風景に立っています。けれど、街の中心部の繁華街方面から、海に向かって下りるこの坂の辺りが、多くの精霊船が流されてゆく、地元のひとびとや観光客が集まる場所だということに変わりは無いようでした。

（街はずいぶん変わったみたいだけど、その辺は変わらないんだな。あの頃と同じだ）

もう三十代も終わり近い彼にとっては、ずっと昔の出来事といってもいいはずの、高校時代の夏をふと思い出しました。不思議とつい最近の記憶のように思えました。ついこの間の夏、親友の竜一《りゅういち》とふたり、この坂を小さな船を担いで下りていったような。

（クロコの船、なかなか綺麗にできたよな）

透も竜一も美術の成績が良くて、ふたりとも漫画が描けました。手作りの精霊船のそこここに、ふたりで魚や猫缶や猫のおもちゃや、子猫が好きだったものを描いたのでした。

長崎の精霊流しには爆竹がつきものです。西方浄土に帰ってゆく、初盆の仏様を乗せた船の、その道を清めるために、船に付き添って歩くひとびとが、たくさんの爆竹を道に投げるのです。破裂する爆竹の火花と、もくもくと上がる煙の中を、灯りを灯した精霊船が鉦の音とともに「流されて」ゆきます。

手作りで作られる船は、大きいものも小さいものもあります。昔ながらの船のかたちのものがほとんどですが、時に船以外の様々な乗り物をかたどったりと、多少アレンジされたかたちのものもあり、それがみな、いくつもの提灯に灯りを灯して、街の中を旅してゆきます。お盆の間、家に帰ってきていた魂が、美しい船に乗せられて、海の彼方《かなた》の西方浄土へと帰ってゆくのです。

お盆の、帰省客や観光客で人口が増えてにぎわう夜の長崎を、明るい光を灯した船が進んでゆく様子は、不思議な晴れがましさと華やかさがあるものです。船たちは、街という海をゆく大船団のようで。爆竹の華やかな音と光が、西方浄土への出航を祝って鳴らされる、そのためのものにも聞こえて。

この行事が何のためのものなのか知らないひとが見れば、まさかお盆の行事と思わないかも知れない、と透は昔から思っていました。

「昔のさだまさしのヒット曲の、あの静かでしめやかな感じとはちょっと違うんだ」

大学から東京で暮らすようになった透は、よくそんな話を友人たちにしたものです。

「何しろ、耳栓がいるくらい、爆竹の音がうるさいんだからね」

都会でおとなになり、夢を叶《かな》えて漫画家になり、そのままがむしゃらに描いてきました。朝も昼も夜も描き続けてきて、幸運なことにヒット作に恵まれて、いまは新宿《しんじゅく》の便利な場所に建つマンションの高層階でひとり暮らしをしています。浮いた話がないのは我ながら寂しいところですが、それ以外はたぶん幸せな人生を生きているのだろうと思います。

なんといっても、十代の頃からの大切な夢を叶えたのですから。

「ずっと漫画だけ、描いてたなあ」

浮世の時の流れとは切り離されたように。

大切なことも時には忘れ、精霊流しの夜には耳栓がいるなんてことも忘れるくらいに。

「――まあちょっと寝ぼけてはいたけどね」

つい数時間前までは東京にいたのです。急に思いついて長崎に帰ってきたので、からだはこの長崎の県庁坂にあっても、魂は新宿の自分のマンションの部屋で眠っているような気がしました。というよりも、いま長崎で精霊流しを見ているということそのものが、夢の中の出来事のような気がしていました。


今朝方、連載の原稿を完成させたあと、アシスタントたちを帰し、Twitterにもう三日寝てない、でも終わった、寝るぞ、なんて独り言を呟《つぶや》いて、仕事机で寝落ちしました。

すると、久しぶりに、高校時代の親友、竜一の夢を見ました。ひょっこりと部屋に訪ねてきた彼は、やたらと上機嫌で透に語りかけてくるのです。懐かしい長崎訛《なま》りの言葉で。あの頃と変わらない、朗らかな声で。大柄なからだのせいか、よく響く、豊かなあの声で。

そういえば、竜一は歌がうまかったよな、と、透は夢の中で懐かしく思い出しました。

猫の声と、鈴の音もするな、と思ったら、竜一は太い腕に黒い子猫を抱いていました。子猫は、竜一の腕の中で前足を突っ張って、床に下ろして欲しいと鳴いていて、つまりは部屋中を自分の足で駆け回ったり、棚に飛び上がったりしたいと訴えているのでした。

竜一の家の猫、クロコでした。あの猫はずっと前に死んだような気がしていたのですが、思い違いだったかな、と透は思いました。

だって、あの金色の目と赤いリボンと、首で鳴る金色の鈴は、間違いなくクロコです。

(でも、クロコは、春に死んで――)

(精霊船、作ったよな、竜一とふたりで)

でも、クロコはいま、目の前にいます。

いいや、と思いました。こんなに楽しい気のせいや記憶違いならば、大歓迎です。

高校時代の終わりに、浜の町の路地――長崎の繁華街の暗がりで透が拾った子猫。そのときから腎臓が悪い、小さな痩せた猫でした。

透の母はひどい猫アレルギーで、透の家では飼うことができず、竜一が引き取ったのですが、クロコは透の猫でもある、ふたりともそう思っていました。だから餌代もふたりで負担したし、病院代だって最期の日まで――。

(あれは、記憶違いだったのかな……)

記憶が当てにならないのは、最近働き過ぎだからだろうかと思いました。疲れが溜《た》まってきているのは、自分でわかっています。

そのせいなのでしょうか。漫画を描いていても楽しくはなく、ただ〆切に間に合わせることのその繰り返しで、描き続ける漫画家になってしまった自分を感じていました。

透の描く漫画は、昔ながらの少年漫画。剣と魔法のファンタジーの世界を舞台に、友情と努力と勝利をうたいあげる漫画です。新人だった頃からの人気の連載で、もう何年描き続けているでしょう。アニメ化も映画化もされて、人気は衰えるところを知らず、ファンレターだって、読み切れないほど届きます。

けれど、透自身はいつの頃からか、自分の描くものが読者にとってほんとうに面白いのかどうか、わからなくなっていました。一話一話、心を込めて描いてはいますが、同じような危機や展開、冒険と戦いの繰り返しを、もう何年も描き続けているのです。

（これ、面白いのかな、ほんとうに——？）

透は昔、幸せな子どもでした。自分でもそう思っていました。家庭でも学校でも楽しいことばかりで、両親に可愛がられ、友人も多く、いつも笑っている小学生でした。でも時に、泣きたくなることも、学校に行きたくなくなることも、死にたくなることだってあって——そんなとき、漫画の世界に心遊ばせることで、息をついてきたのです。

その頃好きだった漫画は、いまの透が描いているような、剣と魔法の冒険物語でした。

夏・八月の黒い子猫

そこには心躍る冒険があり、熱い友情や、好敵手との駆け引き、淡い恋がありました。目が眩《くら》むような試練の繰り返しと謎解きの果てに、深遠な世界の真実がありました。

頁《ページ》を開くとき、透は勇者、ヒーローでした。孤独な気分になっているときでも、漫画の中には大好きな友人たちがいました。彼らはそこでいつだって、透を待っていてくれました。

魂が帰る場所があったから、透はどんなときも大丈夫で、元気な小学生でいられたような気がします。透はだから、自分もそういう作品を描く漫画家を目指しました。

(何より大事な、叶えたい夢だったんだ)

夢は叶いました。それから走り続けました。休むことなく。ただひたすらに。

気がつくと、透は疲れ果てていたのでした。

透は夢の中で漫画を描いていました。急いでこの原稿を描き上げなくては〆切に間に合わない、と必死で机に向かっていました。子猫を抱いた親友はその椅子の背中の辺りに立ち、何やら楽しげに話しかけてくるのでした。

それが夢の中でも、ごめん、今日は帰ってくれ、と、いってしまいそうな状況なのに、透は親友と子猫がそこにいてくれることが嬉《うれ》しくて、文句なんて一言もいいませんでした。

久しぶりに会った彼は、雰囲気は昔のままなのに、おとなびていて、太めで丸いおなかに、経営しているCDショップの名前が入ったエプロンがよく似合っていました。十代の頃と同じ、古風なセルフレームの眼鏡の奥で、明るい優しそうな瞳が笑っていました。

そうそう、竜一は親の跡を継いだんだよな、と、紙にペンを走らせながら、透は懐かしく思い出していました。若くして、三代続く古い店の店主になったのです。代替わりをきっかけに店内を多少改装したのだと聞いて、お花贈るよ、いつか店に行く、とメールで約束したきりになっていましたけれど。いや、あのとき、お祝いのお花だけはかろうじて送ったんだったかな、と、透は思い返しました。

渋谷《しぶや》の洒落《しゃれ》た花屋で花かごを作って貰《もら》って、色紙を添えて送ったのです。クロコの似顔絵を、招き猫の代わりになるようにと描きました。竜一はとても喜んでくれて、色紙と花かごを飾った店内の写真を撮って、送ってくれました。丁寧な手書きの手紙も添えて。

エプロン姿の親友は花かごを店のテーブルに飾り、色紙を額装して壁に飾って、得意そうな幸せそうな表情で、立っていました。背景に並ぶ白木の棚には、CDがぎっしりと詰まっていて、綺麗な店だなと思ったのです。

中島川《なかしまがわ》の近くにあった、小さな古いCDショップ。透や竜一が子どもの頃は、レコードショップという名前だった懐かしいあの店。

竜一の祖父の代から続いているというそのお店には外国のスピーカーから流れる良い音の音楽が、いつも空気のように満ちていて。アイドル歌謡も洋楽も、ジャズのスタンダードも映画音楽だって、あの店で学んで、お小遣いで揃《そろ》えたのでした。毎日母親からお昼のパン代に貰うお金を貯《た》めて、おなかを減らして一枚のCDを買ったこともあります。あの頃の十代にとって、一枚一枚買い集めたCDがどれほど高価なもので、大切な宝物だったか、いまも透は覚えています。

そう、親友はあの店の主《あるじ》になったのです。彼は透と違って、長崎を出ませんでした。

竜一とは高校で出会って以来、漫画好き同士気があって、一緒に漫画を描いてきていたので、当然のように一緒に上京するのだと思っていました。いままで一緒に漫画や小説を読んだり、テレビゲームをしたり、映画を見に行ったりしてきたように、東京で同じ時間を過ごすのだと思っていました。一緒に東京で大学生になり、漫画家を目指すのだ、と。

「透は東京で、漫画家ば目指さんね。わい（おまえ）才能あるけん。俺《おい》ずっと応援しとるけん」

竜一は、優しい笑顔でいいました。

「俺、音楽とうちん店ば何より好いとっとさ。こん店は俺が継がんば、閉めんばごとなるし。そしたら街のみんながCD買うところのなくなって困るたい。そがんと、街の文化の存続の危機たい」

夏の終わり、学校帰りに、中島川のせせらぎの音を聴きながら、親友のそんな決意を聞いたとき、透には夏の制服を着た竜一が、大切な砦《とりで》を守る騎士のように思えたのでした。

その言葉が胸に痛く、彼がまぶしく見えたのは、透自身は自分が継ぐべきだったかも知れない店を捨ててゆこうとしていたからでした。透の家も祖父の代から続く、街の小さな書店だったからです。

でも透の両親は、こんな小さな店は継がなくていい、おまえは都会に行きなさい、と背中を押してくれていました。漫画家を目指すことも、応援してくれていました。

透は別に自分の家の仕事が嫌いではなく、むしろ好きでした。——ただ、本好きなだけに、都会の大きな書店への憧れがありました。

テレビにたまに映る、都会の大規模な書店に行ってみたい、と思っていたのです。背の高いビルが上から下まで全部ひとつの書店のお店だとか、深夜まで開いている、洒落た繁華街の書店だとか、なんて素敵なんだろうと思っていました。自分の実家の書店とは規模が蟻《あり》と象くらい違うし、お洒落さも月とすっぽんです。長崎のいちばん大きい書店だって、きっと太刀《たち》打《う》ちできません。

上京したら、都会のあんな大きなお店の常連になって、大学の帰りにかっこよく寄ったりしようと夢見ました。そしていつか、透は漫画家になり、描いた漫画は単行本になり、その大きなお店に並ぶのです。

自分が長崎を出て、跡を継がなければ、実家の書店がどうなるかなんてことは、その素敵な妄想の前には無力でした。そもそも店の未来について、まともに考えようとはしていなかったのです。

だけど、竜一は違っていました。

親友が自分よりずっとおとなの、違う世界にいるひとに思えました。

（もうずいぶん、遠い昔の話なんだよなあ。ついこの間のことのように思えるのに）

故郷にはいつでも帰れる、竜一はあの店でいつまでも待っていてくれる。そう信じて自分の仕事にかまけているうちに、気がつくと、なんと長い時間が経《た》ったのだろうと。

だからいま再会できて良かったと思いました。たくさんお詫《わ》びをして、それから――。

「竜一、ちょっと待っててよ。あと少しで描き終わるから。あと少しで、ほんとうに」

相談したいことがあったんだ。昔みたいに。

「この頃、ちょっと疲れちゃっててさ。あの、甘えかな。仕事がつまらなくなってきてて」

振り返りもしないままにそう話して、でも、背中で親友が昔と同じ柔らかな笑顔でうなずいてくれているのがわかっていました。

彼はいつも笑顔でした。竜一が怒っているところを、見たことがないような気がします。

彼の腕の中の子猫の声と、遊びたいともがくたびに鳴る澄んだ鈴の音が、仕事机に向かう透の耳に、ずっと聞こえていました。

朝日が射《さ》し込む仕事部屋で目が覚めたとき、それがあまりにリアルな夢だったので、透はす

ぐに顔を上げ、部屋にいるはずの竜一の姿を探しました。黒い子猫の姿も——。

ひとと猫の名前を呼んで、立ち上がろうとして、そのまま椅子に座り込み、笑いました。

「そうか、夢か。夢だよなあ」

竜一がいまここにいるはずがないのです。

十年も昔に、長崎で死んだのですから。


毎日遅くまで店にいた竜一は、ある夜急な病で倒れ、そのまま亡くなりました。彼が祖父や父を亡くしたのと同じ、心筋梗塞《こうそく》でした。

通夜や告別式に駆けつけることはできませんでした。仕事の〆切直前でしたし、当時の透には、長崎行きの当日の飛行機のチケットは高すぎて、買うことを躊躇《ちゅうちょ》しました。

同じ理由で初盆にも行けませんでした。人望が厚く、みんなに慕われていた竜一のこと、多くの友人たちや近所のひとびとの手で、立派な精霊船が作られ、流されましたが、透はそれに加われませんでした。八月十五日の夜は、ただ東京で、原稿にペン入れをしながら、長崎の精霊流しのニュースを見ていました。

「——東京に出てこずに、長崎で暮らしていれば、俺も精霊船、流しに行けたんだよな」

いままで、東京で、多少の苦労があったり、置いてきた街が恋しくなることはありましたけれど、自分で決めた道だから、後悔はすまいと思ってきました。でも、そのとき初めて、そんなことを考えたのでした。

東京の大学生にならず、漫画家にならずに、長崎で学生生活を送り、長崎の会社や役所に就職して、ゆくゆくは親の店を継いで、地元で暮らしてゆく——漫画は仕事をしながら、たまに投稿したり、同人誌で自分のペースで描き続けたりして。そのうち気が合う女の子がいれば付き合って、結婚して家庭を持って——そんな未来もあったんだよなあ、と。

透の実家の小さな書店は、最近、店を畳みました。本は年々売れなくなってきていて、一方で万引きは増え、もう続けていても辛《つら》いばかりだから決めたのだ、と両親はいいました。小さな店のこと、街から消えてもたいして惜しまれもしないだろうと両親は思っていたそうなのですが、実際には、なぜ閉店するのだ、まさかこの店が無くなるなんて、と、町内のいろんなひとびとに泣いて惜しまれて、自分もレジでもらい泣きしたのだと——そう、母が電話で、涙声でいいました。

『お客様たち、こいからどこに本ば買いに行けばよかと、ていうとよ。——コンビニじゃ、小説の本は売っとらんし、コミックも売れ筋しかなかし。どげんしたらよかと、って』

(俺があの店を継いでいたら、店はいまも続いていて、街に本屋が残ったのかなあ)

『こん店は俺が継がんば、閉めんばごとなるし。そしたら街のみんながCD買うところのなくなって困るたい』

そういった、高校時代の竜一の朗らかな声が、いまも耳の底に残っているようでした。

その竜一のCDショップも、彼亡きあと、もう街にはありません。しばらくの間は、竜一の母が店を守ろうと頑張ったそうなのですが、やがて諦めて閉めたらしい、と母から聞きました。あの店に並んでいた美しい白木の棚も、それにぎっしりと詰まっていたCDの数々も、彼が祖父から受け継いだ外国の古いスピーカーも、その後どうなったのでしょう。透が店のために描いた、クロコの招き猫の色紙も。

「――もしかして、俺が長崎にいたら、竜一が死なない未来もあり得たのかなあ」

透や竜一が十代だった頃、CDはとても売れて、店はいつもにぎわっていました。その後、音楽はダウンロードで買ったり、ストリーミングで聴く時代になり、いまや全国的にCDショップはその数を減らしていく時代になりました。

竜一が倒れたのも、訪れつつあった時代の変化がストレスになっていた、そのこともきっと一因で――だからもしかして、透がずっと長崎にいて、互いに愚痴を聞き合ったり、励まし合ったりできていれば、あるいは――。

そうでなくとも、竜一の体調が悪そうなときは、早めに気づいてあげられたのかも。

ふと思い出しました。高校時代、店のレジの手伝いをしていたときに、近所の小さな子どもがコミックを買いに来た、そのときの笑顔を。目を輝かせて、握りしめたお小遣いを渡して、一冊の新刊のコミックを宝物のように抱きしめて、帰っていったのです。

「俺がもし、うちの店を継いでいたら」

あの本屋は今もあって、あんなきらきらした目を見ることができていたのかな、と。

体温であたためられた硬貨のぬくもりを、てのひらが覚えているような気がしました。


気がつくと、今日は八月十五日でした。

「そうか。お盆か。竜一もクロコも、それで会いに来てくれたのかな」

ひとりきりのマンションの部屋で、時計の音を聴いているうちに、次の〆切まで、まだ時間がある、と気づきました。そして今夜は、長崎の精霊流しの夜じゃないか、と。

じゃあ、夏休みってことで、超久しぶりに田舎に帰っても良いんじゃないのかな、と。

思った途端に、旅行の準備を始めていました。着替えをリュックに詰め込むと、タクシーで羽田《はねだ》に向かっていました。

出がけにコーヒーテーブルの上に置いていた手紙と葉書の束をつかんで夏物の上着のポケットに突っ込んだのは、いつもの癖でした。

担当編集者がたまに転送してくれる、読者からのファンレターです。時間が無くて、もう返事は書けなくなっていましたが、せめて大切に読むことはしようと決めていました。

部屋にいると集中して読めないので、外に出かけるときに持参して、出先のカフェや公園のベンチで読むようにしていたのです。

(ホテルや飛行機の中で読もうかな)
ちょうどいいや。そう思いつきました。

お盆の羽田空港はごった返していて、けれど、長崎行きの飛行機のチケットを奇跡的に買うことができました。カウンターのひとも、良かったですね、と微笑《ほほえ》んでくれました。

奇跡的といえば、宿泊先のホテルも、ずいぶん高くはなっていましたけれど、ネット経由で押さえることができました。いざというときはネットカフェにでも行くか、と思っていたので、その幸運に驚いたものでした。

長崎に呼ばれてるみたいだな、と、透は思いました。竜一の笑顔を思い出しながら。

『そうたい、たまには帰って来んね』

空港の雑踏の中で、ふと、そんな懐かしい声が聞こえたような気がしました。

笑みを含んだ、長崎訛りの優しい声が。

『わい、ずっと働いて、疲れとったとやろ？　お盆くらいこっちで休んで帰ればよかさ』

「——ああ、そうか。そうだね」

空港のロビーのソファに腰掛けて、ひとの波を眺めながら、透はうつむき、笑いました。

「ずっと働いてきたさ。——だからもう、長崎行きの飛行機がどんなに高くても、一瞬も迷わないで、帰れるんだよ」

張り切って久しぶりの空の旅を楽しもうと思っていたのに、気がつくとまた寝落ちしていました。長崎空港に着陸して、空港から長崎市内までのリムジンバスの車内でも、席に着いた途端に、座席で眠っていました。

駅ビルの中にあるホテルにチェックインして、部屋に入ってすぐ、ベッドに行き倒れるように倒れ込みました。溶けるように眠って、そして目が覚めると部屋の中には夕暮れ時の光が満ちていて、慌てて起きたのです。

「ああ、精霊流しが始まっちまう」

まだ寝たりない頭で、気もそぞろな感じで、ホテルの部屋を飛び出したのでした。

ホテルの玄関から外に出るとき、恐らく、透の顔色は悪く、ひどく疲れているのが目に見えたのでしょう。フロントのひとが話しかけてくれ、気遣ってくれました。

「精霊流しの夜、楽しまれてくださいね。長崎で良い時間をお過ごしになれますように」

「――長崎で良い時間を、か」

県庁坂の雑踏の中で、流されてゆく船たちを見送り、爆竹の火薬の匂いのする空気を呼吸しているうちに、自分はなぜここにいるんだろうと、ふと、寂しくなりました。

今更長崎に帰ってきても、竜一の船が出たときの、あの年の夏の、精霊流しの夜に戻れるわ

けでもないのです。

彼の死を止められるわけでもありません。

実家の書店を継げるわけでもないのです。

店を閉めたあと、急に老け込んだ両親は、離れて暮らしている姉の家の近所に引っ越して、孫の世話をしたりしながら暮らしています。実家の建物は店ごと手放しました。

「俺はここで何をしてるんだろうなあ」

県庁坂を下りていく船は、その先にある海を目指すように見えます。でも実際には、海のそばに、船たちの旅の終着点の、いわば精霊船の墓場のような場所があって、そこで船は壊されるのです。観光客のひとびとはあるいは知らないことかも知れません。だけど、地元の人間たちは船を送っていけば、その最期まで見守ることになるのでした。

ずっと昔には精霊船は、ほんとうに海に流していたのだと聞いたことがあります。あれは祖父に聞いたのだったか、それとも祖母？　伯父か伯母？　みんな鬼籍《きせき》に入ってしまい、つまり、この街は透の故郷ではあっても、いまはもう帰る家もなく、待つひともいませんでした。

透もこの街で育った人間として、幾度となく、船とともに八月十五日の街を歩き、船の最期のときに付き合ってきました。

「クロコのときは、ほんとうに悲しかったな」

竜一とふたりで作り上げた、小さな美しい船に手を合わせて、そこに残してきたとき、もう一度子猫の死を看取ったような気がしました。もう一度、お別れをするような。

黒い子猫は、その短い生涯の最後の頃は、がりがりに痩せていました。それでも子猫は愛らしいままで、竜一と透が大好きで、抱いて欲しい、膝で寝たい、と、細い前足でしがみつき、喉を鳴らして甘えるのでした。

犬猫のための健康保険は、まだ存在していなかったか、普及していなかったか。それくらい昔の話です。腎臓を病んだ子猫の医療費は恐ろしいほどの金額になりました。

かかりつけの動物病院の、若い獣医師は、高校生ふたりが、貯金を崩したり、アルバイトをしたりしながら医療費を捻出するのを、いつも応援してくれていました。

けれど、ある春の夜、すっかり弱ってしまった子猫を連れて、病院を訪れた透と竜一に、診察室の獣医師は、静かな声でいったのです。

「この子は、これ以上はもう、だめだと思う」

「『だめ』って、どげんことですか?」

震える声で、透は訊《き》きました。

「クロコは助からんてことですか?」

「もう、この病院ではできることはないんだ」

どこかで、そろそろその一言を聞くことになるのだろうとわかってはいました。どこかで、諦めてもいました。でもそれが今日、その日になるなんて、思いませんでした。

冷静な声で、でもしゃがれたような声で、竜一が訊《たず》ねる声が聞こえました。

「他の病院やったら、できることのあっとですか？　助ける方法のあるとですか？」

「――この子の腎臓は、もうすっかりだめになっているんだ。人間だったら、人工透析をするしかないところだろうね。でも、猫の人工透析なんて、できるところがあるとしても、数が限られてるだろう。東京の、大学病院や大きな病院くらいになるんじゃないかな」

透は立ち上がって、叫びました。

「俺、行きます。クロコば連れて。明日学校休んで、飛行機に乗って行きます」

「俺も――」

竜一が隣で自分も立ち上がろうとして、言葉を飲み込みました。

獣医師が透にいいました。

「もうこの辺で諦めた方がいいと思うんだ。飛行機のチケットは高校生にはとても高い」

「お金なら、どげんかします」

透は即答しました。まだ貯《たくわ》えはいくらかありました。バイトだって増やしていいのです。いざというときは、両親に頭を下げようとも思っていました。可愛いクロコを助けるためなら、何でもできると思いました。

獣医師が静かな声で、言葉を続けました。

夏・八月の黒い子猫

「もし猫の人工透析ができる病院があるとしても、透析には大変なお金がかかるだろう。入院費だって必要になる。そして人工透析には壊れた腎臓を治すことまではできないから、この子猫を生かしていくためには、定期的に何回も透析をしないといけなくなるよ」

「俺、何回でも、東京に行きます」

「そのたびに、飛行機代と治療費がかかるんだよ。そうしてそれだけしても、何回、東京に行っても、この子の腎臓は、治らないんだ」

優しい声で、獣医師がふたりにいいました。静かに。いいきかせるように。

「この子も、きみたちもよく頑張った。きみたちに拾われなかったら、きっとこの子は今日まで生きていることができなかったろう」

透は診察台で小さくうずくまっているクロコを見つめました。体温が下がってひんやりしたからだをそっと撫《な》でると、子猫は震えながら顔を上げて、小さな声で鳴きました。

竜一が獣医師に訊ねる声が聞こえました。

「俺たちがクロコのためにできることは、もうなんもなかとですね？」

「家に連れて帰って、好きな場所に寝せてあげなさい。寂しくないようにそばにいてあげるんだよ。ずっと。優しく撫でてあげなさい」

クロコをタオルにくるみ、キャリーに入れて、診察室を出るとき、

「ありがとうございました」

透と竜一が頭を下げると、獣医師はふたりに向かって、深く頭を下げました。

「ごめんね。助けてあげることができなくて」

声が、泣いていました。「助けてあげたかったよ」


動物病院からの帰り道、中島川沿いの公園のベンチに、ふたりで座り込みました。

竜一の膝の上に載せたキャリーの中で、タオルにくるまったクロコは、喉を鳴らし、小さな声で甘えるように鳴きました。

「……まだ生きとっとになあ」

竜一が、クロコの頭を撫でてやりながら、かすれた声でいいました。

透もクロコを撫でました。子猫は透の指をあたたかな舌で舐《な》めてくれました。

「諦めんば、いかんとたいね……」

竜一のうつむいた顔から、クロコのキャリーの上に涙の粒が落ちるのが見えました。

透は、夜空を見上げて、いいました。

「俺さ、初めて、お金の欲しかって思うたばい。お金持ちになりたかって、心の底からたい」

半ば笑いながら、透は夜空を見上げ続けました。そうしないと溢《あふ》れだした涙が止まらなくなりそうだったからでした。

月の無い空に小さな星が灯っていました。

「田舎の高校生って、何もできんとばい。もし俺がいまおとなで、お金持ちやったら――たとえば超売れっ子の漫画家やったりしたら、飛行機でクロコば連れて東京に行ってさ、大学病院で人工透析受けさせて――どげん高《たこ》うても、何回でも受けさせて。そげんして少しでも長生きするうちに、猫の腎不全ば治療できる薬のできるかも知れんたい。

俺、お金の欲しかとよ。クロコば長生きさせるための、お金のたくさん欲しかったとよ」

「――大丈夫たい」

竜一が、優しい笑みを含んだ声で、いいました。

「透は才能のあるけん、将来、きっと超売れっ子の漫画家になれる。お金持ちになれるばい。東京行きの飛行機んごたっと、毎日だって乗れるくらいのお金持ちにたい。プライベートジェットくらい買えるごとなっかも知れんばい」

「ああそうたい、俺には才能のあるったい」

透は泣き笑いの声で答えました。

夜空が涙で滲《にじ》みました。

「きっと一流の漫画家になってやる。お金持ちにだってなってやるばい。プライベートジェットだって買《こ》うてやる――ばってん、そんときは、クロコはもう、きっともう、おらんとたいね」

それから何日も経たずに、クロコは死にました。その日、長崎市内は桜が満開で、透と竜一は、小さな箱にクロコの亡骸《なきがら》を入れて、桜の花が綺麗かよ、と箱に向かって話しかけながら、ペット霊園に向かったのでした。

桜の花びらは、はらはらと青い空に散って、クロコの眠る箱の上にも舞い降りてきて、

「クロコ、生きとったら、夢中になって花びらにじゃれついたやろうなあ」

透と竜一は、そんなことを話しながら、涙を拭きながら、春の道を歩いたのでした。

その年のお盆に、クロコの精霊船を作りました。ふたりでお金を出し合って、ホームセンターで材料を買い揃え、竜一の家の庭で大切に作り上げました。もう子猫を撫でてやることも、ご飯をあげることも、遊んであげることもできないので、心を込めて、最高に可愛くて、素敵な船を作りました。

そして、八月十五日の夜、長崎港のそばの、精霊船とお別れするあの場所で、クロコの船とさよならをしたのでした。

係のおとなたちに船を預けて、頭を下げたとき、透は目の端で、小さな黒猫が駆け抜ける幻を見たような気がしました。赤いリボンを首に結んだ黒い子猫は、金色の鈴を鳴らして楽しげに夜の港を走り、黒い波の上を駆けて、海の遠くへと消えてゆきました。

そんな思い出にふけりながら歩いているうちに、気がつくと、新地《しんち》中華街のそばの、銅座《どうざ》川《がわ》

の辺りに来ていました。闇をたたえたような暗い水が静かに満ちて、揺れていました。

大通りから外れたその辺りは、やや薄暗く、ひとどおりがときどき途絶えます。

ふと、足下で鈴の音がしました。

懐かしい、小さな生き物の気配も。

心臓がどきどきと鳴りました。そっと足下を見下ろすと、そこに、黒い子猫がいました。

首に赤いリボンを結んだ、金色の目の子猫が。透を見上げて、懐かしい声で鳴きました。

「――クロコ？」

声が乾きました。

それはたしかに、昔に亡くしたあの子猫でした。もう痩せてはいなくて、毛並みもつやつやで、元気だった頃の姿に戻っています。

猫は優しい表情で目を細め、ふと身を翻《ひるがえ》すと、暗い路地の方へ駆けてゆこうとしました。

「クロコ、待ってくれんね。クロコ」

考えるより先に、足が動いていました。

夢なら覚めないでくれ、と思いました。

きっと、寝不足と疲れているせいで見えた幻なのだろうと、頭ではわかっていました。

二十年以上も前に亡くした子猫が、いま生きて、夜の長崎の街を走るなんてことがあるわけ

夏・八月の黒い子猫

ないと、そんなこと、わかっていました。

もしそんな不思議が起きるとするなら、あの子猫はお化けです。でも、お化けでも妖怪でも良いと思いました。透はクロコにもう一度会いたかったのですから。


新地の辺りの路地は、そんなに広くはないはずでした。長崎の街があちこち再開発され、綺麗になって、だいぶ変わったように見えていても、走っても走っても知っている場所に行き着かないほどに、広がっているのはおかしいと、息を切らしながら、透は思いました。

それにさっきからまるでひとどおりがありません。誰にも会わず、商店街には灯りもなく。街は闇に沈んだように暗く、静かでした。

夏の夜の生暖かい空気の中を、自分の速い呼吸の音だけ聴いて走っているうちに、耳鳴りがしてきました。頭がぼんやりとします。

(日頃の運動不足が、たたってるよなあ)

それでも小さな黒い影と、鈴の音を追いかけて、走り続け、通りを抜けたとき――。

そこはなぜか、懐かしい中島川沿いのあの公園でした。頭上には満月が皓々《こうこう》と光っていて、あの悲しかった日、動物病院の帰りに座ったベンチに、CDショップのエプロンをかけた大柄な人影が座っていました。

その膝の上に、黒い子猫は駆け上がり、一声鳴くと、透を振り返ったのでした。

透は、ぜいぜいと息をしながら、がくがくする膝で、ベンチに歩み寄りました。

「――やあ」

懐かしい姿に、片手をあげて、泣き笑いのような表情で、声をかけました。

「やあ竜一、その、元気やったね？」

口にしてから、俺は一体何を訊いてるんだ、と自分で突っ込みをいれましたが、ベンチに座る親友は、楽しそうに笑ってくれました。

『透は、相変わらず、面白かなあ』

「そっかな」

『ああ』

「あのさ。竜一、わいお化けね？」

率直に訊ねると、竜一は深くうなずいて、

『うん。まあどうやら、そげんごたる』

「お盆やっけん戻ってきたとか？」

『たぶんね』

月の光の下の友人は、亡くなった年齢のまま、透より十歳も若い姿のままでした。そのことが無性に悲しくて、透はうつむきました。

膝の上の黒い子猫を撫でながら、竜一は昔と同じ、優しい声で透に訊ねました。

『久しぶりに会えて話せて、俺はすごく嬉しかばってん、わいは俺のこと、怖《こわ》なかとか？』

透はふふん、と笑いました。

「俺は漫画家ぞ。お化けと遭遇するとの怖かとか、とんでもなか。美味《おい》しか経験ぞ？」

胸を張りました。「よか取材になるだけたい。実話っぽか怪奇漫画って、人気のあるたい」

『そいでこそ透ばい』

手を打って、竜一は笑いました。

そして、明るい月を見上げました。

『わいに伝えたかことのあったとさ。そいが未練でお化けになれたとやろうか、て思うとる』

「そっか。未練のあってくれて良かったばい」

ふたりの顔を交互に見回しながら、黒い子猫が、にゃあと鳴きました。

『クロコもわいに会いたかったとげなさ』

「おお、そいはすごい嬉しかなあ」

クロコは得意そうに鼻をつんと上に向けました。喉が鳴っている音が聞こえました。

透は自分もベンチに腰掛けました。子猫を撫でようとしましたが、目の前にいるのに、どうしても手をふれることができませんでした。ああ、この猫は、たぶん竜一も、ほんとうには、ここにいないんだなあ、と悟ると、胸に棘《とげ》が刺さったように痛くなりました。

「なあ竜一、未練っていうか、俺に伝えたかこと、ってなんね？」

うん、と竜一はひとつうなずきました。

『俺さ、わいの漫画ば好いとったと。わいが東京に行って、向こうで進学して、プロになっていった、そのどげんときも、わいの描く漫画ば好きで、応援しとったとばい』

「ああ、わかっとる。ありがとう」

透は微笑み、うなずきました。

たまに貰っていたメールや手紙にぎっしり書かれていた熱い言葉で、わかっていました。

『透の漫画に、いつも、励まされとった。読むときは心が子どもに返ってわくわくしとった。店が大変なときも、この先どげんなっとやろうて不安になったときも、わいの漫画ば読んどったら、いつだって元気の出たとばい。

不思議な話でさ。長崎と東京と、透とおる場所は離れとっても、心はいつも旅の仲間で、いつも一緒に敵に向かい合《お》うて、戦いよるごたる、そがん気分やった。一緒に果てしない冒険の旅ば続けよるごたった』

「――そうやったとね」

竜一は笑ってうなずき、言葉を続けました。

『あとね。こいばいうと照れるとばってん、俺の親友はこげんすごか漫画家やっけん、そいにふさわしか人間でおりたかて思うとったと。死んでしもうたけん告白するばってん』

「そうね」

そんなの、俺も照れるよ、愛の告白かよ、なんて軽く返したかったのに、言葉が喉の辺りで詰まって、何もいえませんでした。

竜一はにっこりと笑いました。

『これからもずっと、俺はわいの旅の仲間ばい。会えんで、見えんやったっちゃそうばい。そしてね、わいが漫画ば描き続けとってくれる限り、俺たちの旅は終わらんとばい』

「かっちょんよかこというたい」

『俺だって、漫画描いとったけん。かっこよか台詞《せりふ》のひとつやふたつ、いまも思いつくと』

竜一がふふんと笑うと、黒い子猫が抗議するような声で鳴きました。

『いまのちょっと訂正。旅の仲間はわいと俺だけじゃなか。クロコもそうげな』

「そうか。そうたいね」

透は子猫の頭を撫でました。ほんとうにはふれることはできないけれど、夜の優しい空気を撫でるように、そっと撫でてやりました。


それからしばらくの間、竜一とあれこれと会話をし、冗談をいって笑ったりして。

気がつくと、透ひとりがベンチにいました。

満月はもう真上に昇っていて、透はただ、ひとりきりで、明るい月を見上げました。

「――いまのが夢でも、幻でも」

あるいはほんとうの出来事でも。

自分は今夜、精霊流しの夜に、長崎で良い時間を過ごしたのだと思いました。

無意識のうちにジャケットのポケットに入れた手に、何やら紙がふれて、あれ、これなんだったっけ、と引っ張り出してみると、ファンレターの手紙と、そして葉書でした。

月明かりの下で、無意識のうちに文字を拾おうとすると、言葉が飛び込んできました。

『どんなに辛《つら》くて、寂しいときも、先生の漫画を読んでいると、元気と勇気が出ます。

ここに仲間がいると思うから』

そうか、と、透は呟き、微笑みました。

「そうか。ありがとう。先生頑張るよ」

月の光の中で、伸びをするように両腕を伸ばしながら、ベンチから立ち上がりました。

数歩歩いたところで、茂みから小さな鳴き声が聞こえるのに気づきました。

茶トラの子猫でした。ひょいと飛び出してきて、透を見上げて、大きな声で鳴きました。

胸の辺りの白い毛が夜目にも汚れていて、家が無いようでしたが、元気そうでした。

透はかがみ込み、子猫を抱き上げました。

目と目を合わせて、訊きました。

「なあ、猫ちゃん。俺と一緒に来るかい？

東京の猫になるかい？」

子猫は嬉しそうに、にゃあ、と答えました。

「よし。じゃあ、一緒に行こう」

月の光の下を、ゆっくりと歩きました。

歩きながら、誓うようにいいました。

「なあ猫ちゃん。もしいつか——もしいつか、不幸にしてきみが病気になっても、いつだってすぐに、病院に連れて行くと約束するよ。日本一どころか、世界一の治療だって受けさせてやる。ブラック・ジャックだって呼んでみせるさ。絶対に、死なせたりしないんだ。

だって俺は、超売れっ子の漫画家なんだからね」

お金持ちになったんだよ。プライベートジェットはまだ買ってないけどね。

そう思うと笑えて、だけど泣けました。

子猫が細い首を伸ばして、ざらざらする熱い舌で、涙を舐めてくれました。

「ありがとう、大丈夫だよ」

さてどうやってこの子猫を東京に連れて帰ろうか、とりあえず今夜はどうしよう。

そんなことを考えながら、透は中島川沿いの遊歩道を、宿泊先のホテルがある長崎駅の方へと歩いて行きました。月の光の下、川のせせらぎの音を聴きながら。

中通りと浜の町を抜けて、時間的に、いまはもう空《す》いているだろう県庁坂を下りて。

(海沿いの道を駅に向けて歩いて行くか)

少し遠回りになるけれど、夏の夜に、子猫を抱いて、いろんな思いに浸りながら歩いて帰るには、ちょうど良い距離だと思いました。

月の光に照らされた綺麗な海を見ながら歩くのは楽しそうです。山の上の、稲佐《いなさ》山《やま》の電波塔も見えるでしょう。

「猫ちゃん、おなかすいてないか？　コンビニで猫缶でも買って帰ろうか？」

子猫に話しかけながら歩く透の姿を、満月が見守るように優しく照らしていました。

(長崎弁翻訳　マルモトイヅミ)

道を渡る猫たち

ある日の夕方、枝豆で炊《た》き込みご飯を作ろうと思って、流しにボールを置いて、冷凍枝豆のさやからせっせとなかみを出していたんですが、猫の千花《ちか》ちゃんが、私の手のそば、右側に座って、その様子を凝視していました。

そのうち、前足で優しく私の右手を引き寄せて、もっとよく見せて、という仕草をしたので、ほんとに興味深かったんだと思います。


猫は人間がすることをそばで観察していて、そのうちマスターしたり、応用して思わぬことをしでかしてくれたりするのですが、さすがに千花ちゃんが枝豆をむくことを覚えたり、炊き込みご飯を作ってくれることはないだろうなと思います。

とにかく猫としては、母猫あるいは先輩猫と見なしている飼い主がすることを見て記憶してゆくしかないんでしょうね。何しろ猫には知識を共有するための言葉がないので。そうやって、先祖代々、他の猫、もしくは人間のすることを観察し、記憶して生きてきたのでしょう。

昔、猫を外に放して飼うのがふつうだった頃、「母猫に道路の渡り方を教えて貰《もら》った子猫を貰う方が良い」なんてことがいわれていたものです。

母猫は狩りの仕方を教えるように、身をもって、道路の渡り方や、車のかわし方を教えたりもするのでしょう。子猫たちは、道を渡る母猫をひたすら観察して、時に応用をくわえたりしつつ、その方法を学んでゆくわけで。

いまの時代も、家がない猫や、外に散歩に出て行く時間のある母猫たちがいて、そういう猫たちの育てた子猫たちが、器用に道路を渡ったりして、生きているのだと思います。


ところで、実家の台所の窓から見えるところに、道幅が狭い、古い道路がありまして。

やや丘になっている住宅地と平地になっている商店街などがある辺りをその道路が区切っていて、住宅地になっている側に住んでいるとおぼしき猫が、たまにその道路を渡って行くのです。

遠目に見ると茶色もしくは黒っぽく見える猫で、たぶんいつも同じ猫。同じ道路の、同じ場所を渡るところからしても、まず、同じ猫。

その辺りにはいくつか押しボタン式の信号があって、ひとが通る時間には、車の流れが止まることも多く、猫はそのタイミングで上手に道路を駆けて行くわけです。

街の方へ走って行き、逆に住宅地へと駆け戻って行く。

家族なのか友達なのか、四匹くらいで連れ立って道路を渡っているのを見たこともあります。賢い猫だなあと思いつつ、窓から見ている側としては肝が冷えるので、頼むから事故に遭わないで、と念じています。

その集団で渡っていたときなんか、最後の方の猫が見るからにトロくて、他の猫たちから遅れて渡っていたので、すごく心臓に悪かった。

昼間だけではなく、深夜や早朝に道を渡るのを見たこともあります。猫が道路を渡る辺りは、ちょうど街灯や駐車場の灯りがそばにあるので、猫の影も見えるんですね。

遅い時間もそこそこひとどおりもある道なので、ゆらゆらと歩くひとかげのその足元を、影のように駆け抜ける猫の姿が見えるのです。

その時間は、車も速度を上げて走ってくるし、暗いから、猫に気づくのも遅れるでしょうし(猫がいると速度を落とすドライバーもいますよね)、昼間よりも危険だろうなと思います。

テリトリーの中に道路があるというのはやはり危険なことで、いつかはあの猫も命を落とすのかも知れません。それでなくても外にいる猫に危険は多く、伝染病にかかることも、トラブルに巻き込まれることもないとはいえません。

彼あるいは彼女がずっと幸運に恵まれて、幸せに生きてくれればと、いつも窓越しに願っています。

それにしても、長い道路の、あの場所を渡る、という知恵をあの猫に伝えた猫がどこかにいるのかもなあ。もしかしたら、さらにその前の代の猫も、と想像していたのですが……。

ある休日、同じ道路のその辺りを渡って行く、近所に住んでいるとおぼしきひとびとを目撃しまして。

ちょっと待って、もしかして、人間が渡るのを見てここを渡ることを覚えたのかと。

人間はすぐそばにある横断歩道を渡りましょうよ、と頭を抱えたのでした。

仕事部屋に花火

長崎駅の近く、海のそばのマンションの、そこそこ高層階に仕事用の部屋を借りて、この秋で半年ほどになりますか。事務所ではなく、隠れ家というか、書斎のような部屋です。

バスで通える距離にある実家から、通勤するように通って仕事をしています。忙しいときは、そのまま泊まったりもします。続けて泊まることもあります。たまに千花《ちか》ちゃんもつれてゆきます。少しずつ、こちらの部屋にいる時間が増えています。

大きな窓から光が入る明るい部屋で、原稿を書いたり、ゲラを広げたり、新刊が出る頃には書店さんに飾っていただくための色紙を書いたりと、ひとりで過ごせる、広くて静かな空間は、ありがたいものです。

ベランダに緑を集め、ラジオを聴き、たまにはベッドやソファに寝転んで、雑誌のページをめくったりして。高層階の空や遠くの山を見ながら飲む、コーヒーや紅茶も美味《おい》しいものです。

カーテンを閉めないまま、時間を忘れて原稿を書いていて、ふと眩《まぶ》しさに目を上げると、窓越しの満月が手が届きそうに近くに見えて、はっとすることもあります。

天井が高く、床がしっかりしているマンションなので、本をたくさん置けるのも、とてもありがたいです。——実をいうと、この部屋を借りることになったきっかけも、仕事から家に溢《あふ》れるたくさんの本に家族から苦情が出たからでした。

もともと活字が好きで本を買う上に、仕事のために参考にする本も山ほど買い（ここ数年ですと、書店関係の本や百貨店関係の本、最近は空港やファッションに関する本を集めています。電子書籍も好きで買うのですが、めくったり書き込んだりできるのは、やはり紙の本ですし、電子では出ない本だって、まだまだたくさんあります）、出版社や友人知人の著者たちからいただく嬉《うれ》しい献本が、年々歳々増えてゆきます。

実家は古いマンションで、本の重みでたまに床が軋《きし》んだりへこんだりもして、生命の危機を感じた家族から、この本の山を何とかして欲しいとしょっちゅう苦情が出ていたのでした。

そこへもってきて、突風のように突っ走る、元気な子猫がやってきたこともあって、これは書庫兼仕事用の部屋兼猫が好きに走り回れる部屋があった方がいいんじゃないかと閃《ひらめ》いたわけです。

暮らせるように家具を揃《そろ》えれば、私と猫はそちらで日々を過ごして、いま住んでいる古い家を少しずつリフォームすることもできますし、（軋む床も何とかできるかも知れませんし、実は私の部屋の天井の電気は点灯しない状態のまま、何年も放置されてましてそれから。

気がつくと五十代も半ばを過ぎた私には、家のあれこれを整理し手放して、身軽にする時期も来ているな、と思ったのでした。仕事部屋を作ることで、この先必要なものとそうでないものとの切り分けもできるかもなと。

独り身の専業作家というのは、そこそこハードな暮らしでして、楽しい反面ストレスも多く、なるべく長く生きる予定ではありますが、あと百年も生きることもなかろうし、最期まで頭がクリアで体力もばっちり、なんてこともまずないでしょうから、まだ元気ないまのうちに少しずつ、家を片付けておこうかなと思ったのです。

面白いもので、自分が老いること、やがて世を去らねばならないということは、この年になるともはや怖いとかいやだとか、そんな気持ちはもうなくて、ただ、季節が移ろうように、冬が近づけば冬服やあたたかな布団を用意するような気持ちで、ああ、「向こう」へ行く準備をしなくては、と思うのでした。

気持ちとしては、いままでは舞台の真ん中にいて、スポットライトを浴びていたのが、笑顔

仕事部屋に花火

で踊りながら、少しずつ、舞台のはしへ、暗い方へと退いてゆく気分でしょうか。

私がいなくなっても、かわりの誰かは舞台の中心にいて、私もまた、誰かにその場を譲られてきたのだから、順送りだなあと思います。

昭和から平成、令和と生きた人生、そこそこドラマチックで、楽しかったよね、なんてかみしめながら、いつか舞台を降りてゆくのでしょう。

特に私は、作家になるという子どもの頃からのいちばんの夢も叶《かな》いましたし、その後も、我ながら良い仕事がたくさんできたと思うので、笑顔で手を振って、去っていけると思うのです。

まあ、四匹目の猫を迎えてしまったので、その猫を育て上げ、看取るまでは、まだあともう少し、舞台の上で踊っていると思いますが。


でもね、ほんと、自分でも不思議なのです。

いつのまに、死が怖くなくなったのか。

子どもの頃や若い頃は、とても怖かったのを覚えています。おとなになってからもしばらくは。

たぶん、長く生きて、少しずつ知っているひとたちが潮が引くように彼岸の彼方《かなた》にいってしまい、少しずつ、そんなものだとゆるやかに命の終わりが来るということを受容してゆくのが、年をとるということなのでしょうね。

子どもの頃は、自分の死んだ後の未来に出版される本は絶対に読めないということが、想像すると泣くほど辛《つら》かったのですが、いまはやがてくる自分がいなくなった世界で、どれほど面白い本が出るのだろうと想像することがむしろ楽しくて。

そこではどれほどたくさんの本や映画や、素敵な音楽が溢れているのだろう、そこにいるひとびとは、笑顔で幸せであればいいな、と願います。世界に光が満ち溢れ、哀《かな》しみに泣く子どもがいない、穏やかな日々が続いていると良いなあ。

叶うことなら、風にでもなって、未来の世界、未来の日本の様子を見たりしたいですね。詮のない願いですが。

さて、仕事部屋の話です。

部屋を探す上で、条件を絞ってゆくとき、とにかく子猫が来る、ということが何より大事な条件だったので、ペット可で日当たり良好で、と、まずはそれ優先で自分でも探し、その後細かな条件を付け加えつつ、不動産屋さんに探していただいたのですが、最初に候補に挙がったお部屋がこちらの希望に近く、その部屋に決めてしまいました。

そもそも、長崎ではまだまだ、猫が飼える部屋って少ないんですね。

でも結果的にはその部屋で正解だったというか、猫のおかげで良い部屋を引き当てたと思っています。

敷金礼金は多少高くなったけど、家賃もまあ、長崎市にしては気持ち高めかもだけど、オール電化で光熱費安いし、何よりその部屋が気に入ったからいいんです。ええ、たぶん。

とにかく街の真ん中にあって、図書館と郵便局も近い。長崎市の主要な場所に徒歩で行けてしまうというのもすごいし、電車やバスは当たり前、船や飛行機に乗るのにも便利という、仕事での移動が多い私にはベストなお部屋なのでした。

近所に島原《しまばら》の農産物の直売店があって、美味しい野菜や果物、お肉にお魚が買えるあたりも素晴らしい。島原の牛乳やヨーグルト、お味噌《みそ》も美味しい。

そういうわけで、それからの日々は、ゆるやかに家具や家電を揃え、荷物を運んだりしながら部屋を作り、整えながら、働いていました。

まず最初に、何もない部屋に机を置くところから始め、その机で仕事をしながら、少しずつ部屋を作り上げていったのでした。

仕事はかなりはかどりました。そこに行けば仕事の時間、と切り替えが出来るのも良かったのでしょうね。それに、思えば部屋を借りる前は、ホテルに連泊して集中して働いたり、朝から晩まで注文を繰り返しながら、カフェで書いたりしていたのですが、部屋を借りてからは、何時間、何日いても誰に気兼ねも要らないし、チェックアウトの時間を考えなくてもいいし、好きなものを食べたり飲んだり出来るので、極楽だなあと思っています。

とても贅沢《ぜいたく》な、理想的な環境で書けるようになり、――それもこれも、私の本を好いて買ってくださる、読者のみなさまのおかげだと、あらためて感謝しています。

子どもの本の作家としてデビューしたのが、一九九三年、それからずっと書き続けてきて、たくさんの出会いにも恵まれ、いまは仕事の幅も広がり、おとな向けの本も書くようになりました。

書き続けてきた人生とは、支えられてきた人生と言い換えることも出来るのだなと思うとき、素直にありがたいと思えます。いただいたもので、生きてきた人生、生きてゆく人生――奇跡のようなことだと思います。

若い頃は、感謝より先に、書いてゆくこと、本を出し続けてゆくことに懸命でしたけれど、いつもそんな私を支えていてくれた無数の手があったのだなと、いまはわかります。

特に子どもの本を書いていた頃は、支えていてくれたのは、小さな子どもたちの手であり、その子たちの保護者であるみなさまの大きな手だったのだなあと思うとき、ただ、ありがとう、と頭《こうべ》を垂れたくなります。

ありがとう。ありがとうございます。みなさまのおかげで、あの頃、たくさんの本が書けました。いまも書き続けていますよ、と。

あの頃、私の書いた子どもの本を喜び、抱きしめてくれた小さな手の子どもたちに。

さてさて。

二〇一九年十一月初旬の連休は、翌年一月に刊行する『かなりや荘浪漫2 星めざす翼』（PHP文芸文庫。以前集英社オレンジ文庫から出していただいた本の二次文庫になります）のゲラを見ながら、同じく翌年刊行の、小学一、二年生向けの子どもの本の原稿を書いたり、その本の次巻以降の原稿の準備をしたりしていました。

本格的な低学年向けの本は久しぶりなのですが、やはり楽しいですね。

子どもの本を書くときには、神聖なものに向かい合うように言葉を選び、紡いでゆく、不思議な緊張感があって、それが心地よいのです。ましてや、小さい子向けの本は。

よりわかりやすく、シンプルに、まだこの世界で生きることや、本を読むことになれない、小さな子どもたちの心に届く言葉と構成を、と念じながら書いてゆく、職人芸の歓《よろこ》びといいますか。

古巣に帰ったような懐かしさもありました。

子どもの本は、少なくとも私の世代の作家は、時を超えて残るような作品を書いて欲しい、と児童書の編集者たちに求められてきました。瞬発的に売れて消えるベストセラーは欲しくな

仕事部屋に花火

い、いつまでも子どもたちに愛される本、家庭や図書館、書店の本棚にずっと置かれるような本、ロングセラーとなるものを書いて欲しいと、そう望まれて書いてきました。

「(子どもの本の) 作家は、売れるとか売れないとか、そんなこと考えなくていいんです」

なんていわれていた時代もあったんです。

もうずうっと昔、私がまだ若く、新人作家だった頃のお話ですが。

その頃のことを、ふと思い出したりしました。


実はこの仕事、子どもの頃からの私の本の愛読者である、まだ若い担当編集者さんとの初仕事になります。子どもの頃に、私の本を読み、そのまま読み続け、変わらずに愛読者でいてくれたという、そういうお嬢さんです。

物語の本を編むのは初めてという、若い編集者の、その初めてのご依頼で、原稿を書かせていただきました。

つまり原稿を挟んでのやりとりもこれが初めてのことになるのですが、賢くて気働きもあって、的確なアドバイスもしてくれるので、彼女の言動のひとつひとつに感動しています。

親子ほども年が違うんですけどね。

原稿のやりとりをすることで目を輝かせて喜び、原稿をこんなに早く書いていただけた、と感動してくれるので、これは良いものを書かなくてはねえ、と肩に力が入ります。

そんな気分も、心地よいです。

連休期間中も、私はむしろ、休んで欲しかったんですが、ずっと原稿についてのやりとりを続けてくれていて、その若さと熱心さに打たれました。ほかの仕事もこなしつつなので、このお嬢さんはほんとうに本が好きで、この仕事が大好きなんだなあと。

若い頃の自分や、同じく若かった頃の担当編集者たちのことを思い出したりもしました。

ああ私たちも、こんな風に働いていたな、と。

この子はこれからたくさんの良い仕事をして、本を出し続け、未来に残るような本を作ってゆくのだろうなあと。

彼女が子どもの頃に愛してくれた本を書き、作ってきた、私や担当編集者たちがこの先の未来、本を作る現場を離れ、やがてこの世界にいなくなったとしても、そのあとの世界に残る本を作り続けてくれるのだろうなあと。

舞台から去ってゆく私たちにとっては、どれほどの祝福だろうと思いました。

その夜、仕事部屋から帰るとき、廊下から見上げた空に、轟音《ごうおん》とともに花火が揚がりました。海の方で花火大会が行われていたようで。

ここ数年、とにかく忙しく、花火なんてまともに見たことがなかったので、突然の花火がまるで誰かからのご褒美のような気がしました。

高層階から見る花火は、目の高さで光が弾《はじ》けるように見えるんですね。そんなこと、初めて知りました。

いくつもいくつも、空に、色とりどりの光で出来たような花々は揚がり、浮かび、やがて星くずのような光のかけらになって、夜空に消えてゆきました。

人生は花火のようなもの、と書いた古い小説があったなあ、なんてことを思い出しながら、私は家路をたどったのでした。

花火の残像を、抱きしめるように味わい続けながら。

秋・レストラン猫目《ねこめ》石《いし》

九月九日、水曜日。

中学生の頃以来、七年ぶりの長崎空港は、記憶にあるよりも小さくて、でも記憶にあるよりも、お洒落《しゃれ》で綺麗《きれい》な建物に見えました。

智史《さとし》は懐かしいような寂《さみ》しいような気持ちのまま、飛行機に預けていた荷物を受け取り、長崎市内行きのリムジンバスに乗りました。

長崎空港は、小さな島の上にある空港、出入りするときは海に架かる橋を渡ります。

窓越しの海を見ながら、智史は、

「違う世界に行くみたいだな」

ふと、呟《つぶや》きました。

雲の間から、午後の日差しが射《さ》し込んで、海を明るく照らしていました。

中世の宗教画に描かれたみたいな光だなあ、と思いました。

海の色も、空の色も。

どこかリアルなそれではなく、絵の中の情景のような。奇跡や魔法が隠れているような、そんな色彩の風景だと思いました。

「そう、魔法が隠れているような街なんだよな、長崎」

日のあたたかさにうとうとしながら、智史はそっと呟きました。

あの頃も、そして大学生になった今も、自分は夢みたいなことばかり、考えている——そう思って、ふっと笑って。

今日ははたちの誕生日。子どもの頃は、その年にはもっとおとなになっているような気持ちがしていましたが、子ども時代と地続きの心のまま、おとなと呼ばれる年齢になりました。


いつのまにやらバスは長崎市内に入り、懐かしさを感じる街並みが見えてきたとき、窓越しの空の上に、緑色の鱗《うろこ》を光らせた、大きな龍《りゅう》がゆらゆらと飛んで行くのが見えたような気がして、智史は慌てて窓に手をつき——。

はっとして目が覚めました。

「次は、中央橋《ちゅうおうばし》——」

停留所の名前を読み上げる車内放送の声が響きます。

繁華街のそばにあるバス停、智史の降りるバス停でした。

「はーい、降ります」

智史は慌てて、荷物をまとめ、ドアに向かいました。

一瞬だけ、夢を見ていたようでした。

バスから降りて見上げる空に、もちろん、龍なんて飛んではいないのでした。

「でもやっぱり、長崎には龍ぐらい棲《す》んでてもおかしくない気がするんだよな」

そう思うのは、自分だけじゃないはずだ。心の中で思い、ひとりうなずいて、智史は繁華街、浜の町アーケードに向かって歩き始めました。

中学一年生のとき、夏から冬までの、ほんの半年ほどのことですが、母の故郷である長崎で暮らしました。親戚の家に身を寄せて、こちらの中学校に通いました。

その頃、受験して入った都内の中学校でうまくいかなくて、ストレスのあまり、貧血を起こして倒れるようになってしまい、学校を休みがちになりました。ついには鼻血が止まらなくなったりもしたので、しばらくの間、ゆったりした街で休むと良い、お母さんの故郷に転校したらどう？　ということになったのでした。

結局、その半年で元気になったのと、自分と似てからだの弱い、母のことが心配になったことから、智史は東京に帰ったのですが、

「ほんとうをいうと、ずっとこっちにいたかったんだよね」

ぼそりと呟きました。

今もそうですが、智史には妙にきっちりしたところがあり、復調したなら帰らなければ、ひとりっ子なのだから、お母さんの心配だってしなければ、と、いま思うと自分だって病み上がりのようなもの、あのとき無理して帰らなくても良かったのにな、と思います。

秋・レストラン猫目石

ちょうどその頃、長崎でいちばん仲が良かった友達と喧嘩《けんか》してしまい、もういいや、と、やけのような気持ちで戻ることを決めたところもあります。

（いま思うと、早まった気もするんだけどな。中学生だったものなあ、何しろ）

あのとき、この街を去らなかったら、自分はそのまま長崎で高校進学して、大学も違うところに進んでいたのかも、と考えると、頭の奥がくらりとしました。

でもまあ、その後転校した都内の普通校とは相性が良く、以前の学校での出来事が嘘《うそ》のように友達もたくさんでき、通学も高校進学もでき、いまは希望通りに、教育学部の学生になっています。今日は、講義もアルバイトもない日だったので、日帰りの長崎でした。

吹き抜ける秋の風に、かすかに潮の香りがします。長崎市は海に包まれた街でした。

懐かしい匂いの風に包まれ、長崎のひとたちと一緒に、記憶にある横断歩道を渡って行きます。道路の真ん中には、路面電車が通るための線路があり、そこをレトロな姿の電車が、道路に響く音をさせながら、ゆっくり行き交っていました。

ふと、中学の制服に身を包んだ、そばかすの女の子の笑顔が見えるような気がしました。

ひそかに森のエルフ族のようだ、と思っていた、色の白い肌、琥珀《こはく》のような茶色い髪と瞳。よく似合っていた、細く赤いフレームの眼鏡。

その子ははにかんだ笑みを浮かべ、肩の上で切りそろえた髪をなびかせると、早く、と呼ぶ

Story

ように白い足で駆けてゆきました。

もちろん、幻に過ぎません。わかっていて、ああ、あの子に会いたいなあ、と、かすかに胸の奥が痛みました。

同い年だったあの子。智史と同じく大学生になっているだろう彼女は、どんな女の子に、いや女性になっているでしょうか。

(梓《あずさ》、元気かなあ)

高野《たかの》梓は、当時のクラスメートでした。

季節外れの転校生で、病弱でもあった智史を気にかけ、何かと声をかけてくれました。といっても、けっして明るく活発な質《たち》だったわけではなく、ほんとうは内気でひとと会話をするのもさほど得意じゃない、そんな女の子が、頑張って声をかけてくれているように見えました。何しろ梓は智史の前の席に座っていて、学級委員長で、そして何よりも優しい女の子で。

それから。

ある朝、智史が机の上に載せていた、一冊の本。いまはもう絶版になっている海外ＳＦの文庫本だったのですが、前の席からさりげなくこちらを振り返って、その本を見た途端、梓の表情が輝きました。

「林《はやし》くんの本? わたしもその本、すごく好いとうと」

それは、女の子と猫と宇宙人が登場する、一九八〇年代に翻訳されたSFでした。表紙の猫と女の子の絵が可愛らしいけれど、けっしてメジャーな本ではありません。

正直、智史はびっくりしました。そもそも、同い年くらいで、翻訳物のSFを読む仲間なんて滅多にいないのです。

心の奥が苦くなりました。前の学校で、クラスの子たちにそっぽを向かれるようになったのは、翻訳物の本を読んでいたから。

『なんでこんなじじくさい本読んでるんだよ』

と、舌打ちされたことがきっかけでした。

別に誰がどんな本を読んでいてもいいだろうと思うのですが、たぶんそれは「みんなと違う」ことのひとつのきっかけでしかなかったのだろうと、智史は思っていました。

（スケープゴートはたぶん、誰でも良かったんだよな）

あいつなら虐《いじ》めても良いという印が、智史のクラスの場合は、みんなが手を出さない、海外の昔の小説だったというだけで。

そしてたぶん、その年のそのクラスが、そんな風にぎすぎすしていたのは、いらいらしがちな子の数がたまたま多かったとか、教師とクラスのみんなの相性がいまひとつ良くなかったとか、そういう運が悪いことの積み重ねで、別に誰かがひどく邪悪だったとかそういう訳でもないと、智史は思っていました。

秋・レストラン猫目石

それがわかるから、智史は腹を立てることもなく、ただ傷つき、うつむいて、静かに学校に行けなくなっていったのでした。

「嬉《うれ》しか。SFとか読むひと、滅多におらんし。仲間と出会えたごた……」

恥ずかしそうに、梓がそういいました。

色白の頬を、さあっと染めて。

梓とは互いに友人だといいあっていましたが、いまになって思えば、智史はあの瞬間、梓を女の子として好きになったのでした。

梓は、図書委員でもありました。彼女に誘われて、智史は図書館に出入りするようになりました。それがきっかけで、同じ本好きの仲間がひとりまたひとりとできてゆきました。

もともと長崎は母の故郷で、長崎弁の響きにも馴染《なじ》みがあったのですが、ひとなつこくてあたたかいひとびとに、智史は自分でも驚くほどの速さで馴染み、溶け込んでゆきました。

(ここは天国か、と思ったんだよなあ)

久しぶりに笑って。好きなだけ、好きな本や作家の話をして。

そんな日々の中で、気がつくと、鼻血は出ないようになり、東京にいるときはしょっちゅうだった、立ちくらみが起こることもなくなっていったのでした。

そして、智史は、梓に誘われるままに、彼女の家にも遊びに行くようになりました。当時は長崎市にあった、長崎県立長崎図書館が彼女の家のそばにあったことも、行くきっかけになりました。その後、図書館の行き帰りに気軽に寄ったりするようにもなったのでした。

梓の家は、坂と石段の上にある、昔ながらの長崎の家でした。すぐそばには諏訪《すわ》神社もある、長崎街道沿いの、昔ながらの住宅地です。梓の両親も、小さな弟も、智史を大歓迎してくれました。梓がＳＦが好きなのは、同じくＳＦが好きな父親の影響を受けたのだそうで、梓の父は、本の話が出来る少年の到来を喜び、息子のように可愛がってくれました。東京の家をひとり離れて、親戚の家にいるといってもやはり寂しかった智史にとっては、そこは大切な家になりました。

——今になってみると、梓から転校の事情を聞いた両親や小さい弟が、家族みんなで傷ついた少年をなんとか癒やしてやろうと思ったのではないかと思えて、すると、一家の優しさに胸の奥が熱くなるのでした。

智史がその後、教師を志望するようになったのには、中学生のときの都内の中学校でのあの苦い経験の他に、何よりも、教師だった梓の父の影響もあったと彼は思っています。

それから、その家には一匹の茶白の猫がいました。でっぷりと太ったその猫は、元野良《のら》猫、何歳だかわからないくらいのお年寄りだそうで、その名も、『じいちゃん』。智史が梓の家に行くと、いつものっそりとやってきて、目を細めて見守ってくれているのでした。

智史の家には猫はいなくて、知り合いに飼っているひともいませんでした。初めて身近で見て、ふれる猫は、あたたかくて優しくて、どこかファンタジー世界の中の動物のようでした。もっというと、精霊とかモンスターに近いような、不思議な存在に思えました。

特に、この家の『じいちゃん』は不思議そのものの存在に見えたのです。

「ねえ、『じいちゃん』って、人間の言葉がわかってるみたいだね」

ある日、放課後にその家を訪ねた智史が、何の気なしに梓にそういうと、梓が、「そうたいね」とうなずきました。

そして、猫の方をちらりと見てから、声を潜め、智史にいいました。

「……うちじゃ、あん猫、どこから来た猫かわからんし、なんもかもわかったような顔しとるし、絶対、普通の猫じゃなか、実は化け猫かも知れんね、っていってるとさ」

長崎の夏から秋、そして冬というと、いろんな行事が続きます。にぎやかだけれど悲しい精霊流し、街の中を龍がゆるやかに舞いながら移動し、美しい船や鯨《くじら》がかつがれて行く、長崎くんち。

そして、その季節になる前に東京に帰ってしまったので、行けなくて残念だったのが、いろんな動物や空想上の生きものたちのかたちのランタンに灯《とも》が灯されるという、ランタンフェスティバル。お役所や、アーケードや、川沿いや、公園や――街のいろんなところに、ランタンの灯が灯るのだそうです。夜の街が、幻想的な雰囲気になるのも素敵だし、夜の中華街を歩いたり、屋台で熱々のハトシ（揚げたサンドイッチのようなもの）や中国風の蒸しパンの、甘くふわふわのマーラーカオを買って食べるのも素敵だと、梓から聞かされていました。梓や梓の弟と一緒に行きたいな、と、密《ひそ》かに楽しみにしていたのです。

冬の長崎といえば、長崎のクリスマスも見そびれてしまいました。一緒にいろんなツリーを見に行こうね、と梓と約束していたのに。

東京に帰ることを決めた理由のひとつに、梓と喧嘩《けんか》したことがありました。でもそれも、深刻なやりとりがあったわけではなく、いまとなっては理由すら思いだせないほどの、ささやかなすれ違いと小さないらだちが原因だったような気がします。もしかしたら、あんまり仲が良すぎ、気が合いすぎて、自分の側に甘えがあったのかも知れない、と、はたちになった智史は思うのです。

「若いっていうか、まあ中学生だったしねえ」

ついこの間まで、小学生だった中学一年生です。十二歳とか十三歳とか、それくらいの。

帰ることが決まって、いよいよ明日は東京行きの飛行機に乗る、ということになった前の夜、智史はふらりと梓の家に行きました。

数日前の夜に、梓や家族とは別れの挨拶をしていたのですけれど、別れがたいような気がしていたのです。梓はそのとき、怒ったような顔をして智史とは目を合わせず、うつむいた視線を畳に落としたままでした。智史も意地になって、そんな梓と目を合わせないようにしていた

のです。梓の両親と弟は、そんな梓を叱り、智史には笑顔で、

「またいつでも帰っといで。ちゃんぽんでも皿うどんでも食べに行こうで」

いつものように、明るく優しく、声をかけてくれました。

そして今夜の智史は、梓の家に来たものの、チャイムを鳴らす気にもなれず、ただ外から灯りのついた家を見上げていました。夜の風に庭の木々の枝の葉が揺れる音が、潮騒《しおさい》のように響いていました。

きちんとさよならはすませたのにまた訪ねていくのは、かっこわるい気がしました。

もうこのまま帰ろうと肩を落としたとき、ふいに何かの気配がして、そちらを見ると、石塀の上に、猫の影がありました。

茶白のでっぷりした猫、『じいちゃん』でした。赤い首輪の鈴を鳴らし、光る目でじいっと智史を見下ろしていました。

数日前、お別れに行ったとき、この猫は、智史と梓を交互に見つめ、困ったなあ、というような表情で、鼻から息を漏らしていました。

「——『じいちゃん』」

智史は猫の名前を呼びました。

秋・レストラン猫目石

「ぼく、明日向こうに帰るよ。きみともさよならだね。それから――梓ともさよならだ。東京は遠いから、ぼくもう、ほんとうに、きみとも、梓とも――この家のみんなと二度と会えないかも。ほんとうのお別れになっちゃうかも知れない。だからせめて、今夜、またきみに会えて、よかった」

きみたちのこと、大好きだったよ。

言葉にならない声で、そういったとき、茶白の猫が口を開いて、いったのです。

『さよならとか、そんげん悲しか言葉、簡単にいうもんじゃなかよ』

はっきりとした長崎弁で。

『いつでも戻ってこんね』

そしてにやりと笑ったのです。

智史は、猫の言葉に何の返事もできず、ただあとずさり、猫に背を向けました。チェシャ猫の笑いのような、猫の笑顔が目に焼き付き、けれど自分が見たものが信じられなくて、同時に怖くて、一刻も早く、その場を立ち去りたかったのです。

坂道や石畳を駆け、新大工町《しんだいくまち》商店街の辺りまで下りてきて、街のにぎわいと灯りの中に立ったとき、智史は深く息をついて、下りてきた方を振り返りました。

明るい場所で思い返せば、すべてが錯覚だったような気がしました。

秋・レストラン猫目石

猫の声だと思ったのは、夜風の音と庭木の葉ずれの音を聞き間違えただけのような気がしましたし、猫の笑顔を見たと思ったのも、そもそも猫が笑うはずがない、と智史の頭の中の冷静な部分がいうのです。

「だいたい、猫がしゃべるはずがないじゃないか」

一瞬、梓に話したい、と思いました。

梓なら、猫が話したといっても、信じてくれる。笑ったりせずに聞いてくれるのに、と。

でも――。

智史はため息をつきました。数日前のあの様子では、きっともう梓は智史のことが嫌いなのです。きっともとのようには話せない。

友達ではないのです、もう。

智史は重い足を引きずって、何度も通った街を離れたのでした。

そして、いま。

はたちになった智史は、久しぶりの懐かしい長崎の街にいます。

「今日が、はたちの誕生日だしね」

九月九日。重陽《ちょうよう》の節句の日。

その日は智史の――そして、梓の誕生日でした。あの頃、同じ本が好きな上、同じ学年の同じクラスで、誕生日も同じだということに驚いて、それからちょっと嬉しくて、運命みたいなものを感じたりもしたものです。

九月九日には、梓の家で、一緒に誕生日を祝って貰ったりもしました。九月九日は重陽の節句、菊《きく》の節句ということで、栗《くり》ご飯や菊の花のおひたしのご馳走《ちそう》が出ました。おとなたちは、日本酒に菊の花びらを浮かべたりしていました。ケーキの代わりに、梓の母手作りの、菊の花の形の和菓子が出てきました。

（懐かしいなあ）

あの家ではいまも、娘の誕生日とともに、重陽の節句を祝うのでしょうか。みんな、元気で暮らしているのでしょうか。

長崎と東京とでは距離があります。梓の家との交流はあの夜きり途絶えたまま。智史が懐かしく思うように、あの家のひとびとも、智史のことを思い出すこともあるのでしょうか。梓は、まだ怒っているのでしょうか。

今日はたちになったはずの彼女は、どんな風に成長したでしょう。——浜の町を歩きながら、つい、行き過ぎるひとびとの間に、彼女の姿を探し、いやいや、と、苦笑して首を振りました。智史だって、あの頃よりはずいぶん背が伸びておとなになったのです。きっと梓だって、一目見てもわからないくらいに、おとなになっているはずです。もしすれ違ったとしても、わかるはずも。

アーケードを歩き、浜屋百貨店《はまや》のそばを通り過ぎ。その辺りの路地に入ります。

「――どこだったかなあ?」

アーケードも、アーケードから延びている路地も、子どもの頃はもっと大きく広く見えました。たしかに同じ街なのに、いまの智史にはずいぶん狭く小さく見えて、そのせいなのか、目的の場所がなかなか見つかりませんでした。

たしかこの辺りの、古いビルの二階にあったはず。看板が出ていて、路地から窓が見えていたような。

「ないなあ。もしかして、閉店しちゃったかなあ」

智史がこの街に住んでいた頃から、七年も経《た》ったのです。母を通して親戚から聞いた話ですが、あの頃よく通った、県立図書館も、いまは大村《おおむら》に移転したそうです。あの頃よく食べた、浜屋百貨店の屋上のうどん屋さんも、もうお店を閉めたと聞きました。

「街も、ずいぶん変わったみたいだものなあ」

けれどまさか、旅の目的のあの店が見つからないとは思っていませんでした。

智史はしょんぼりとして、視線を路地に落とし――。

そのときでした。目の前を、白い影のようなものが、すうっと行き過ぎたのです。

影は路地を走り、古いビルの階段の方へ、吸い込まれるように駆け上がってゆきます。

影には耳としっぽがあったような気がしました。そう、茶白の毛並みの猫だ、走っていった

秋・レストラン猫目石

んだ、と気づいたとき――。

猫が消えた古いビルの二階に、『レストラン猫目石』と、金色の洒落た文字で書かれた看板と、綺麗なレースのカーテンが掛かった窓を見つけたのでした。


七年前。智史と梓が中学生だった頃。

浜の町の路地を抜けて、ときに少し遠回りもして、あちこちに行くことに凝った時期がありました。梓がまるで猫のように、いろんな道を知っていて、思わぬ場所から思わぬ場所へと智史を連れて行ってくれたのです。

『レストラン猫目石』は、そんなある日、梓が教えてくれた店でした。

「あのお店に、憧れとっとばい。いつか、おとなになったら、行ってみたかと」

目を輝かせ、路地から窓と看板を見上げて、いったのです。

「どんなお店なの?」

智史が訊《たず》ねると、梓は首を横に振りました。

「いっちょん知らんとさ。でも、あの看板と窓の感じからすると、きっと、上等なフランス料理の店で、お客さんも上品かひとばかりの店じゃなかかと思うとさ。中学生のいまはまだとても行けんけど、おとなになったら、きっと行くと」

「なるほど」

あの感じは、高そうなお店だな、と智史は思いました。高級なフランス料理店。たしかに、そういう感じです。たとえば、外国で修業をしてきたシェフが、店の規模は小さいけれど、腕のたしかな、最高の料理を出すお店——そんな雰囲気があるな、と思いました。智史の両親はグルメで、よくそんな店に連れて行かれていたので、あんな感じなんだろうなあ、と、納得もしたのです。

「じゃあそのときは、ぼくも行こうかな」

軽い気持ちで、智史はいいました。

梓の頬がさあっと赤くなりました。

「なんか、デートのごたるね」

「えっ。いやそういうつもりは……」

「だよね」

梓は笑いました。

智史は、ちょっとだけ残念な思いになりながら、提案しました。

「じゃあ、デートとかそういうのじゃなしに、おとなになったら、あのお店に行こうよ。『レストラン猫目石』に」

「うん。よかね。きっと行こう」

どこか、約束のような気持ちで、互いにそういいあったのでした。

「あんなやりとり、梓はもう、覚えてないだろうけどさ。なんといっても、七年前だし」

智史はぽりぽりと頭をかきながら、狭い階段を二階へと上がりました。

「中学時代の約束なんて、普通は覚えてないよ。うん、わかってる。

でも、ぼくは楽しみだな、って思ったんだよ。おとなになったら、梓とふたりであのレストランへ、ってさ。それこそさ、デートみたいになっても素敵かな、と思ってた」

階段を上りながら、さっき見た猫のような影はどこに行ったのだろうと探していました。それともあれは、錯覚だったのでしょうか。茶白の猫の影――思い返すと、ちょっと太った猫の影だったように見えたのですが。

懐かしい、『じいちゃん』の姿に似て見えたような。

(あの猫も、もう寿命は来ちゃったんだろうなあ)

そう思うと、心の中にすうっと風が吹くようでした。

七年前に年寄りだった猫です。年齢はわからない元野良猫だという話でしたが、それにしたってさすがにもういないでしょう。

(もう一回、会いたかったな)

あのとき、ほんとうに人間の言葉を喋《しゃべ》ったのかどうか、確かめたいような気もしました。

いまとなっては、何もかも夢のような気がするのですけれど。でも、あの猫はほんとうに、

不思議な感じの猫だったから。

　ぎい、と鳴る白い扉を開けると、そこに、窓からレース越しの柔らかな日差しが入る空間が広がっていました。ドアについた鈴が、いい音で鳴る、その音と一緒に、

「いらっしゃいませ」

　品のよい長崎弁なまりの声がかかります。

　店の奥の方にカウンターがあり、そこにいる、よく太った穏やかな感じのお年寄りが、おそらくはこの店の主《あるじ》なのでしょう。きちんと櫛《くし》の通った白髪と白い髭《ひげ》がお洒落でした。茶色と白の毛糸で編んだセーターに、糊《のり》のきいた白いワイシャツ、赤い蝶《ちょう》ネクタイをあわせ、麻のカフェエプロンを腰に巻いていています。

　お洒落だなあ、と思いながら、軽く店内を見渡すと、レトロな感じの木の床と白い壁に古びた白木のテーブル、あしらわれた小物やカーテン、テーブルクロスと、どこを見ても洒落ていて、どこかその感じが、旅慣れた料理人の、いろんな国のレストランを見てきたひとの作る店のそれのように思えたのでした。

　美味《おい》しそうなお店の予感がしました。ただ、店主の姿からして、どうやら想像していたよりも、もっとカジュアルなお店のような気がしました。イタリアンなのかも知れません。それはそれで素敵だな、と思いました。おさいふにも優しそうです。

　二人がけや四人がけのテーブルがいくつかあるようですが、窓のそばにあるテーブルにも、

ひとりお客さんがいるようです。女性のようでした。逆光になって、よく見えないのですが、こちらを向いた気配があったので、軽く会釈しながら、中に入りました。

すると、いきなりその人影が、立ち上がり、

「――智史くん？」

知っている声だと思いました。懐かしい声。

思わず息を呑《の》み、智史は、信じられないような思いで、その名を呼びました。

「――高野さん？」

午後の日差しを受けてそこに立っていたのは、間違いなく梓でした。あの頃より背が伸びて、髪も長く伸びていましたが。そばかすも薄くなって、眼鏡のフレームはあの頃と同じに赤でも、おとなびたデザインのものになっていて。――そして、

（綺麗になったなあ）

想像していたよりも、ずっと美人だ、と思いました。同時に、自分はとても釣り合わない、なんて言葉が脳内をよぎりました。

けれど、梓は頬を染め、

「智史くん、かっこよくなったねえ。――わたし、昔のまんまだから、恥ずかしか……」

「そんなこと――」

といいかけて、どうフォローしたら良いのかわからなくなったので、智史は、とっさに、頭

に浮かんだ言葉を口にしました。

「えっと、あのう、七年前はごめん」

「――七年前？」

「その、喧嘩してさ、怒らせちゃったこと」

ごめん、と深く頭を下げました。

きゃー、と梓が悲鳴のような声を上げました。両手をぶんぶんと振りながら、

「わたしこそ、その、ごめんなさい。つまらんことで、不機嫌になってしもうて。せっかくさよならをいいにきてくれたとに、目も合わせんまま、お別れしてしもうて。あの、あとでわたし、後悔して泣いたとよ。こんなことでさよならになるなんて、って。

つまらんことで、喧嘩になったって。いまはもう、理由さえ覚えておらんことで、しょんなか喧嘩しちゃったって」

ふふ、と智史は笑いました。

「同じだね」

「？」

「ぼくも、どうして喧嘩したか、全然おぼえてないんだ。それくらいどうでもいいことが原因だったんだね」

うん、と梓は深くうなずきました。眼鏡の奥の琥珀色の目が涙で潤んでいました。

秋・レストラン猫目石

「中学生やったね、わたしたち」

「そういうことだよね」

店主が銀のお盆に載せた、水のコップを持ってきました。澄んだ水の中で、氷が涼やかな音を立てました。店主は笑顔で、

「ご相席でよろしいでしょうか？」

智史と梓は互いに目を見合わせて、

「はい」

同じタイミングで答えました。

席に腰をおろすと、真向かいに梓の顔が見えて、智史は若干視線に困りました。それは梓も同じだったようで、照れくさそうでした。

智史は咳払《せきばら》いなどして、

「ええと、その、高野梓さん、お誕生日おめでとうございます」

「あ、智史くんも、おめでとうございます」

互いにどうも、と、頭を下げました。

「今日ここに来たのは、その、もしかして、昔の約束を覚えていたからだったりして？」

梓はにっこり笑いました。

「そうじゃなきゃ、来んたいね」

「じゃあ、このお店に来たのは初めて？」

「うん。おとなになったら行こうて、楽しみにしとったとやもん。智史くんもやろ？」

「うん。今日のために、飛行機で帰ってきた」

今日はたまたま休講とアルバイトの休みが重なって飛行機に乗れました。もしかしたら、そうでなければ、迷ったかも知れません。だって、まさかこんな奇跡があるなんて思っていなかったのですから。思い出とふたり食事をするようなつもりで、長崎に来たのです。

「ずっと東京におると？」

「うん。大学もあっちで。教育学部」

「わたしはずっと長崎。わたしも同じ学部さ。先生になると。父さんの影響かな」

「向いてると思うよ」

「智史くんも向いとうよ。――街の本屋さんでバイトばしとっとさ。さっき早番のお仕事が終わって、よし行こうって、ここに来たと」

「本屋さんかあ」

向いてるだろうな、と思いました。

笑顔で接客し、本を注文したり、お客様の相談に乗ったりする、そのようすが見えるような気がしました。

さて、差し出されたメニューを見て、智史も、そして梓も、少しだけ首をかしげました。手書き風の文字で書かれていたのは、ちゃんぽん、皿うどん、トルコライスにミルクセーキ、と、長崎の名物料理ばかりだったのです。

(観光客向けのお店なのかなあ)

だとすると、味にはあまり期待できないかも。一瞬そんな危惧を抱きましたが、あえていかにもなメニューを楽しむのもいいか、と思い返しました。

メニューを上から下まで眺めていると、

「――『浜屋のうどん』？　えっ？」

智史と梓は視線を合わせました。

「高野さん、これってあの」

「うん。浜屋の屋上のうどんやったりして」

浜屋百貨店の屋上のうどんは、長崎市ゆかりのひとならば、きっとみんなが知っている味、つまりは長崎名物と並んでいてもおかしくはないのかも知れない。互いにそう思ったのが、視線と表情でわかりました。

同じ浜の町の商店街にあるお店同士、出汁《だし》の塩梅《あんばい》や、麺《めん》のゆで加減などなどを教えて貰ったのかも知れません。

「浜屋の屋上のうどん、もう食べられないんだよね。ぼく、最後に食べられなかったから、ここで食べられれば嬉しいな。——でも」

「でも？」

「他のもみんな美味しそうだから、どうしようかな。うどん食べたらおなかいっぱいになりそうで」

「じゃ、『おもやい』で食べようか。わたしも、うどん食べたかし、他のも頼みたかもん」

梓がにっこりと笑いました。

「そっか、そうしようか。おもやい、いいね」

おもやい、とは、長崎弁でわけあって食べることをいいます。その言葉の響きも、優しい感じも智史は好きでした。いちばん好きな長崎弁だったかも知れません。

浜屋のうどんと、トルコライスをおもやいで。うどんは懐かしいあの味でした。トルコライスは、とんかつもスパゲティも、カレー風味のピラフも、最高な味でした。それは今までに食べたどのトルコライスよりも美味しくて、なおかつどこかで食べたことがあるような、懐かしい味でもありました。

デザートにはミルクセーキを。長崎のミルクセーキは飲むものではなく、シャーベット状になっていて、背の高いグラスに入ってきます。てっぺんに赤いチェリーが飾られた、冷たくて甘いそれを、長い銀のスプーンで、上品にすくって食べるのです。

思い出話や、それぞれのいまの生活の話をしながら舌鼓を打つうちに、いつか窓の外の空は夕暮れの色になっていました。

そろそろ東京行きの最終便に乗るために、長崎空港へ行かなくては。空港に向かうリムジンバスに乗って、この街を離れなくてはいけません。

離れがたい思いのまま、智史は最後に、ひとつだけ、話を付け加えました。

「あの、昔、高野さんち、猫がいたじゃない？」

「『じいちゃん』？」

「そう。その猫なんだけどさ……」

智史があの夜のことを話そうとしたとき、梓がため息をついて、いいました。

「あん猫は、いなくなったとさ。智史くんが東京に帰ったあと。父さん母さんは、猫は死ぬ前にいなくなるていうけん、もう生きておらんかもねっていうとったけど、わたしはどこかに生きてるって思うたと。いまもね、どこかで生きてる、そう思うとる。信じとっとさ。

だって、『じいちゃん』は元々旅人みたいな猫やったしね。また旅に出たんだと思ったとさ。うちに帰りとうなったら、また帰ってきてくるるって、いまも信じとうと」

そして、梓は深く息をすると、付け加えました。

「だって、『じいちゃん』は不思議な猫やったしね。……あの、智史くんだけに話すけど、わたし、あん猫が人間の言葉を話すの聞いたことあるとさ。一回だけやけどね。智史くんがお別

秋・レストラン猫目石

れの挨拶に来て帰っていったあと、あの夜ね、さよならになってしもうたって、二度と会えんって、ひとりで部屋で泣いてたら、『じいちゃん』、優しか声で、話しかけてきたと」

「——なんていったの？」

「『さよならとか、そんげん悲しか言葉、簡単にいうもんじゃなかよ』って。『あん男の子は、きっとまた、戻ってくっさ』って」

「……」

「夢みたいな話なんだけど」

「信じるよ」

智史は微笑《ほほえ》みました。

そんな二人を、お店の主は、にこにこと笑いながら見守ってくれていました。

どこか上機嫌なときの猫の笑顔に似た、そんな表情で。

長崎駅前のバスターミナルまで、梓は見送ってくれました。

「あのね。猫が人間の言葉を話したなんて、きっと誰にいっても信じてもらえんよね。でも、智史くんなら信じてくれるかな、ってずっと思うとったとさ。七年間」

はにかんだように笑う梓を、智史はほんとうに可愛いと思いました。七年経っても、梓はほんとに可愛いんだなあ、と。

「ぼく、いや俺《おい》も、七年間そう思って……思っとったとよ」

なんとか長崎弁で話してみようとしましたが、手も足も出ませんでした。

「長崎弁って、難しい、いや難しかね」

梓が花のように笑いました。

「わたしが教えてあげようか。だから、かわりに東京の言葉ば教えてくれんね」

「いいよ。じゃない、よかよ。

梓さえよければ、俺が、ええと、俺が東京弁を教えてあげっさ。――であってる?」

ふふっと梓は笑いました。

ターミナルに静かに長崎空港行きのリムジンバスが入ってきました。

梓が、静かにいいました。

「智史くんは、わたしには、お話の世界の中にいるひとやったとさ。物語の世界と同じ言葉で話すひとで――いつか、元の世界に帰ってしまうひとたいねって」

「帰るけど、また戻ってくるよ」

智史は笑顔でそういうと、軽く手を振って、バスに乗りました。窓の中から、もう一度梓に手を振りました。梓もターミナルの中から、智史に大きく手を振り返してくれたのです。

そのとき以来、休みのたび、バイト代がたまるたびに、智史は長崎に行くようになりました。

最近では、教員採用試験を長崎で受けるのも良いかもな、と思い始めているところです。

ひとつ、不思議なことがありました。

『レストラン猫目石』は、もう一度行ってみたら、まるで違う店だったのです。

たしかにあの九月九日に行ったのと、同じ路地にある、同じビルの、同じ階段を二階へ上ったはずなのに、そこにあったのは、同じ名前の、けれどつんとすました感じの、こぎれいなフランス料理店でした。

智史も、そして梓も、あの日訪れたレストランにはあれっきり行くことができないままです。けれど、浜の町に行くたびに、いつかまたあのお店に行けて、白髪で茶色と白のセーターを着た、お洒落な店の主に会えるのではないかと、ふたりは思っているのでした。


（長崎弁翻訳　村山早紀・マルモトイヅミ）

付き添う猫

猫が家にいるようになってけっこう長いのですが、代々のどの猫も私がお風呂場に行けば必ず付いてきて、扉の前に付き添ってくれました。

真面目な顔でやってきて、シャワーやらお風呂やらが終わるまで待っています。

上がると、さ、帰りましょうというように、先に立って部屋に帰って行くのです。


飼い主のお風呂に付き添う猫は意外と多いようで、よくよそのお宅の猫たちのそんな話も聞くのですが、その理由としては、

「猫は水が嫌いで怖いので、危険な場所にいる飼い主を案じて扉のそばで心配している」

なんて説があります。

なんて可愛いんだろうと思いますが、私としては、最初はそうだったけれど、お風呂に付き添うと飼い主が喜ぶから付き添うようになった、という説を提唱したいです。

猫というものは、褒められることが好きで、人間が楽しそうにしたり、笑うと喜ぶものだか

ら。


先代の猫のレニ子は、縞三毛《しまみけ》の大きな賢い猫で、十九歳と三ヶ月で虹の橋のたもとに行ったのですが、この子も使命感を持ってお風呂に付き添う猫でした。

私がお風呂場に行きそうな気配を察して、事前に待っているときもあれば、水音を聞いてあとからお風呂場の前に来ることもありました。

そんなときは、シャワーを浴びていると、猫の形の影が、すりガラスの扉に映るのでした。

上がるときに、お風呂場の扉を開けて、

「レニちゃん、今日も付き添っててくれたの？　ありがとう」

と頭を撫《な》でると、猫は満足そうに目を細め、喉を鳴らして、そして、さあ帰ろうと長いかぎしっぽを振って、私を部屋へと誘うのです。

たまに、私がお風呂から上がってから気がついて、走ってくるときもありました。そんなときは、しょんぼりとお風呂場の扉の前に座り込むのです。

一日に一度か二度、毎日のお風呂への付き添いを彼女はどうやら心の底から楽しみにしていたのでした。

付き添う猫

あの猫は我が猫ながら、美しい猫でした。

緑色の目に、くっきりとアイラインが入っていて、手も足も顔も長くて、見栄えがしました。

何だか大きな猫で、それもあってか、立ち居振る舞いがゆったりしていて、絵になりました。

縞三毛の柄に、手袋に足袋にエプロンが白くすっきりと入っていて、この柄は、昔からいう、働き者の猫だねえ、ねずみ取りがうまいんだねえ、なんてよく撫でてやっていたものです。

我が家にねずみは出ないので、働き者かどうかはついぞわかりませんでしたが、常に私のそばにいて、見守っていてくれたような猫でした。

いや最初は生まれたてで捨てられていた、私がこの手で人工哺乳で育てた、小さな赤ちゃん猫で、オカアサンオカアサン、と私に甘えていたはずだったんですが、猫というものは、ある時期を過ぎると、人間を我が子のような眼差《まなざ》しで見るようになります。

あの猫もいつの頃からか、仕方ないわねえ、みたいな目でこちらを見守るようになりました。

猫は私の枕の左側に丸くなって寝るのが常だったのですが、私が夜更《よふ》かしして仕事をしていていつまでも寝ないと、ベッドのその場所に、エジプトの猫の女神のような姿勢と表情で座り込み、机に向かう私の背中をじっと見上げ続けました。

振り返ると見ていて目が合うので、とにかく圧がありました。

朝方まで寝ないと、猫は怒りました。

ベッドの上に仁王《におう》立ちになって、叫ぶように鳴くのです。

猫としては一緒に寝るのも毎日の楽しみで、だから寝よう、といいたくもあったのでしょうし、いつまでも寝ないことを心配しての叫びのようにも聞こえました。

あの猫が生きていた頃、私はよく徹夜で仕事をしていたので、よく猫の叫びを聞いていたものです。


猫は晩年、甲状腺機能亢進症《こうしんしょう》になり、投薬治療をしていたのですが、隠れていた腎臓病の症状が出てしまい、家の中を歩くのもやっとのような状態になりました。

やがて歩けなくなり、トイレに行きたそうなときは抱えていって、させてあげるようになり、おむつを用意したりした、その頃のことです。

シャワーを浴びていたら、ふっとお風呂場の扉のガラスに猫の影が映りました。

驚いて扉を開けたら、そこに猫が、歩けないはずの猫が、得意そうに顔をもたげてうずくまっていました。

それはまさに、ドヤ顔といいたくなるような、自慢げで、きらきらした、実に楽しそうな顔で、久しぶりにそんな猫の顔を見たのでした。

実は母が猫をお風呂の前まで抱いてきたのだとあとで聞きました。

私がシャワーを浴びていたら、お風呂の方に這《は》っていこうとしたので、抱いていってあげたのよ、と。

私に抱っこされ褒められた猫はとても幸せそうで、ずっと喉を鳴らしていました。

猫は結局、病院で入院中に亡くなりました。

その前の夜、お見舞いに行ったとき、私の声を聞いて顔をもたげたこと、私が帰ろうとすると一緒に帰りたい仕草を見せたこと、そんなことを思い出します。

不思議なくらい、私は猫は助かると信じていました。少なくとも、そのときの入院からは、無事に退院するものだと。

その数日、仕事が峠《とうげ》だったので、私は病院のそばのホテルに泊まり込み、猫のそばに付き添うような気持ちでいました。何かあったとき、すぐに駆けつけられるようにそうしたのですが、それでも不思議と、猫が死ぬとは思っていなかったのです。

こちらの仕事が峠を越える頃、猫も退院になって、一緒に家に帰れるかなあ、なんて思っていました。

付き添う猫

原稿のいちばん大変な部分を書き終えて眠った夜、いやほとんど朝方。目を閉じてからいくらも経《た》たないうちに、病院からの連絡の電話で目が覚めました。猫の心臓が止まった、という電話でした。


そうか、と思いました。

じゃあ急いで行っても間に合わないんだ、と冷静に思ったのを覚えています。

着替えて迎えに行かなくては、と考えて、床に座り込んで立てなくなりました。

それからゆっくりゆっくりシャワーを浴びて、着替えて、ホテルの方にタクシーを呼んでいただいて、病院に行きました。そのテンポでないと動けなかったのでした。


猫は綺麗《きれい》に洗われて、可愛い棺《ひつぎ》に入れていただいていました。まだあたたかくて、柔らかくて、眠っているようでした。

病院のみなさんに見送っていただいて、猫はその朝、私と一緒にタクシーに乗って家に帰りました。いつものキャリーバッグではなく、棺に横たわったままで。


あとで病院のスタッフの方に聞いたのですが、猫はその前の夜、お見舞いに来た私が帰ったあと、病院で出されたご飯を食べたそうなのです。

その翌朝には儚《はかな》くなったのですが、猫は生きたかったのだなあと思いました。猫は生きて、家に帰るつもりだったのでしょう。

レニ子がそうしていなくなったあと、彼女の四十九日を過ぎてから、私は、新しく猫を迎えようと探し始めました。

客観的に見て自分はそこそこ及第点な猫飼いだと思っていて、だから猫をまた家に迎えようと考えても赦《ゆる》されるかな、なんて思ったのです。

けれど私の年齢を考えると、探すべきは大人の猫、できればシニア猫だろうとも思いました。子猫の長い人生、いや猫生に最後まで付き添うには、こちらの寿命が足りる自信が無く。

逆にシニア猫は、老いるうちに少しずつ病も得るだろうけれど、私はそんな猫の老後を愛して、最期の日までゆっくりと面倒を見てあげられるだろうと思いました。

というか、投薬も輸液も手が覚えているし、病気に関する知識も忘れないうちにまた生かしたいものだ、なんて思っていたくらいで。

悲しいのに、どこか張り切ってもいました。

多分私は、もう一度老いた猫と暮らし、今度こそその猫を一日でも長く生きながらえさせたかったのだろうと思います。

つまり本心は、もう一度あの猫との暮らしを取り戻したかったのだと。

今度は、ハッピーエンドにしたかったのだと。


いまでも時折、夢を見ます。

そんな魔法はないとわかっていても、どこかの時点まで時を巻き戻せれば、私の猫は助かって、いまもまだ家にいたのではないかと。

晩年のレニ子の闘病の日々、飼い主として、いくつかの治療の選択をして、その選択の積み重ねの結果、あの朝あの猫は死んだけれど、どこかで違う道を選んでいたら、違う未来を私と猫は生きていたのではないかと。


まあ、客観的に見れば、あの猫は十九歳を超えるほどは生きた訳で、充分長生きしたといえないことはない。あれ以上の長生きを望むなんて贅沢《ぜいたく》だとわかってはいるのですけどね。

でも可愛い可愛い猫だったので、割り切れるものでもなくて。

きっとそれは、世界中の飼い主がそうなのかも知れないと思います。どんなに長く生きて、幸せそうな一生を終えた猫でも、飼い主はもう一日長く生きて欲しかった、あと少し一緒にいたかった、と泣くものなのです。たぶん。

付き添う猫

さて、まずはネットで、と、里親を探しているシニア猫の情報を探し、あの子もこの子も可愛いなあ、でもいまひとつ、決めかねるなあ、なんて思っていたある夕方のこと。

忘れもしない、一年前（当時）の九月一〇日の夕方のことです。

Twitterを見ているうちに、里親を探している子猫たちの写真が目にとまりました。

ふと、ほんとうにふと、いま長崎ではどんな子猫が里親を探しているのだろうと思いました。

Twitterを手がかりに、Google検索であれこれ探すうち、あるサイトで、長崎県の動物管理所に収容されているという、一匹の子猫の写真に目がとまりました。

きじとら猫、と書いてありますが、なんだか柄がはっきりしない、いうならば、きじとら風の猫でした。あとで知ったのですが、いわゆる麦わら猫、という毛色の猫だったのです。

この毛色は好みが分かれるというか、ヤマネコみたいな古風な感じの模様なので、他の毛色の猫たちからすると、いいづらいのですが、やや地味です。

だけど、あ、可愛いと思いました。

いままで縞三毛猫と暮らしていたので、できれば次も縞三毛や三毛猫が良いかな、と思っていたはずでした。

シニア猫を探すときも、やはり三毛猫たちに目がいっていました。

あのとき、この猫だ、と思った感覚は、何だったのだろうと思います。

掲載されていたのはたしかに可愛い写真だったのですが、他にも可愛い猫の写真はたくさんありました。いやもっと華やかで、可愛い子猫は、そのサイトにたくさんいたのです。

だけど。

あれ、そもそも私が探していたのは子猫じゃなくてシニア猫だったのでは、とも思いました。

衝動買い、ならぬ、衝動飼いをしてはいけない。

この小さな猫がおとなになり、やがて年老いて世を去るまで、私は元気に長生きして、現役の作家でいられるものなのか、とも。

だけどこの猫は、私が迎えに行きたい、とあの夕方、なぜか思ったのでした。

大丈夫、私が長生きすればいい。仕事も頑張って、ずっと現役であり続けられるようにしよう。

私が頑張ることで、この子猫が幸せに一生を送れるのならば、それを目標に生きてゆくのもいいか、と思いました。

そして、もしこの写真でしか知らない子猫が、悪い病気を持っていたりしても、治せるものなら私が何とかしよう、無理だとしても最期まで寄り添おう、と心に決めました。

性格が悪かったりしたり、多少お馬鹿でも、きっと愛せる、愛してみよう、と思いました。

この子を腕に抱いてみよう、と。


先代の猫を亡くしたその日から、亡骸《なきがら》を焼いたそのときから、腕の中に何もいなくなったことが、ずっと物足りなかったのです。

抱きしめるあたたかな命が欲しかったのです。

そのための猫は、どんな猫でも愛せる自信はありました。その責任と覚悟を忘れずにいよう、と心に誓いました。


一年前のあの夕方、あの写真を見なかったら。

ふとした気まぐれで長崎にいる子猫たちの写真を見てみようなんて思わなかったら。

私はきっと、どこかのシニア猫を迎え、その猫を愛し、いま穏やかにその子と暮らしていたと思います。

そしていま家にいる千花《ちか》ちゃんは、この家にはいなかったのでしょう。

付き添う猫

二匹の猫の運命が、あの夕方に変わったのだなとあれから何度も思いました。

そしてたぶん、私自身の運命も、進む方向を変えたのかも知れないと。


あの夕方、私は、子猫の写真を公開して里親探しをしていたボランティアさんに連絡を取り、ボランティアさんは夜のうちに動物管理所に連絡を取り、私はボランティアさんと、動物管理所にその子猫を迎えに行く約束をしました。

次の日、九月十一日に、タクシーに乗って、子猫を迎えに行きました。長崎県動物管理所は長崎空港のそばにあり、空港行きのリムジンバスでも行けるだろうと思いましたが、少しでも早く迎えに行ってあげたかったのです。

亡くした猫を迎えに行くために用意していた、その日のままにしていた古いラタンのキャリーバッグを持って。

そして、動物管理所のみなさんの笑顔に見送られて、バッグに入れられた子猫は、私と一緒にリムジンバスに乗ってその場所に別れを告げ、我が家の新しい猫になったのでした。


ひとつ、不思議なことがありました。

子猫の写真をアップして里親探しをしていたボランティアさんは、なんと私の本の読者さんだったのでした。

そのひとから確認のための電話がかかってきたとき、ものすごく嬉《うれ》しそうで明るい声だったのも道理、そんな楽しい偶然があったのでした。

いや不思議はもうひとつあって。

そのひとはずっと昔に私が通っていた、懐かしい千葉県の中学校の後輩にあたるひとなのだと、やりとりするうちにわかったのでした。

世の中不思議なこともあるものだというか、あの夕方、魔法の力のようなものが働いていたのかしら、なんて考えるのも楽しいことです。

小説ならこんな奇跡《きせき》は書きづらいかも。そんなことあるわけないですよ、リアリティないなあ、とか読者さんに笑われてしまいそうで。

さて。

子猫が来てから、私は働き方を変えました。

夜は徹夜はせず、ちゃんと人間らしい時間に眠るように。

昼間はカーテンを開けて、部屋に光を入れるように。

〆切に追われないように、仕事を詰め込みすぎないように。多少不義理になったとしても、自分が抱えている仕事の量を考えて、無理な仕事は入れないように。

ずっと忙しかったので、昼も夜も書き続けるために、私の部屋はほとんどいつもカーテンを閉め切っていました。遮光カーテン＋遮光レースカーテンですから、真っ暗です。部屋がずっと夜のままの方が、ペースを落とさずに書き続けられるんですよね。疲れたとき、横になれば、好きな時間に眠れますし。目覚めてすぐに同じペースで書けるし。〆切に追われていたので、カーテンの開け閉めをする時間と手間さえ惜しかった、ということもあります。窓枠は汚れて埃《ほこり》が積もりました。


けれど、子猫が来ましたから。

子猫は朝起きて夜眠ります。

お日様の光を浴びないと、元気に大きくなれません。

そして子猫はうちのひとが起きている限り、いつまでも起きていて、夜更《よふ》かしに付き合おうとします。楽しそうに目を輝かせて走りまわって遊びます。

子猫を寝せるためには、人間も健全な時間に眠らないと。


で、結果的に、私は以前より健康になりました。

ダイエットもしないのに四キロほど体重が落ちたのがびっくりです。

付き添う猫

油断してちょっと無理したら、この夏、夏風邪と膀胱炎《ぼうこうえん》に襲われて反省しています。

早寝早起きって大事ですね。

もう徹夜はやめよう。

そしてできればもっと痩せたいな、と。


先代の猫が見ていたら、喜ぶかそれともふてくされるか。

だから早く寝なさいって、私いつもいってたでしょう、ときっと大きな声で鳴いたでしょう。


暗い部屋で、原稿のことだけ考えていた日々は、仕事はとってもはかどりました。もちろん充実感はあったのですが、やはりひととしてまともに生きてはいなかったのだと思います。

それがわかっていて、でも仕事優先の日々でした。

私は年が年ですから、生きている間にあとどれだけ書けるだろうと、いつも考えていました。この世界に、どれくらいたくさん、自分が満足できる作品を残せるだろうと。読んだひとたちが幸せになれるような、愛されるような作品を書き残せるだろうか、と。

先代の猫の晩年は特に、やがて必ず訪れるだろう猫の死と別れのことも日々思っていたので、猫と自分の最期を思いながら暮らしていたようなもので。

だけど、子猫が来て、私は部屋のカーテンを開けるようになりました。

千花、という名前は、もともと好きな名前で、登場人物にもつけたことがあります。けれど名前ならいくつでも思いつくのにその名前にしたのは、千年も万年も生きるように、元気で長生きして欲しいと思ったからでした。

その願いを込めて、千の字をお守りのように子猫の名前に入れたのです。

子猫を迎えるのはおそろしく久しぶりで、昔とは子猫育ての常識もやや違っていたりして、勉強をしながら、向き合って育ててゆきました。

先代の猫が、最後はご飯を食べられなくなってしまったので、子猫が元気に美味しそうにご飯を食べているという、それだけで感動し、幸せになったものです。

病気でも良い、お馬鹿でも良い、と覚悟して迎えたはずが、子猫は元気すぎるくらい元気で、賢すぎるくらいお利口な子猫で。

唯一の誤算は、ＳＳサイズの小柄な猫だったということでしょうか。

それは写真ではわからなかったのです。

ＬＬサイズの先代の猫とあまりに体格が違うので、頭を撫でようとしても頭の位置がずいぶん下で、こちらの手が泳いでしまったりとか。

しっぽの長さがふつうの猫の半分くらいしかないのもびっくりしましたが、もう慣れました し、そういう猫が昔から多い長崎の猫らしいということで、いまでは気に入っています。

賢い子猫は、見る見る家に馴染《なじ》み、私を慕い、あとを付いてくるようになって。

ある朝、シャワーを浴びていたら、ガラスの扉に小さな猫の形の影が映りました。

ああ、千花ちゃんが来たのか、と思い、その瞬間、前ぶれもなく、泣けて困りました。

久しぶりにお風呂場の扉に映った猫の形の影の前で。

そして今日も、千花ちゃんは、お風呂に付き添いに来ます。

代々の猫たちがそうしていたように。

私がお風呂に行くタイミングを見計らって、先回りして待っているのが、彼女のスタイルで す。

九月十一日で、千花ちゃんが我が家に来て一年になります。

猫も人間も元気です。

香りの記憶

若い頃から香水が好きで、あれこれと買い集めてきました。季節ごとの新製品を追いかけるのは当たり前、製造中止になっていたり、過去の限定品だったりする香りなど、入手できない香水は、オークションで探し、競り落としたりもしたものです。

が。

我が家には長いこと猫がいまして。猫には香水は良くない、と以前からいわれておりまして。ですから、長いこと、香水を部屋の中でシュッ、なんて使ったことはありません。

朝、シャワーを浴びたあと、浴室でおなかに少しだけかけたりとか（当然、換気扇はがんがん回して換気します）。出がけに、ゼリータイプの香水や練り香水を、少しだけ手首や耳のうしろにつけたりとか。

もちろん、香水がついている部分の皮膚は、猫には絶対に舐《な》めさせません。

ところで、我が家に昔いたクリームペルシャのランコは、ディオールのデューンの香りがするボディパウダー（の香り）が大好きでした。それをはたいたあとの母にすり寄ってゆき、容《い》れもののそばで寝転がってうっとりした表情になったりとか。

もうずっと昔、一九九〇年代の話です。当時、頂き物のデューンのボディパウダーが家にあって、母のお気に入りだったんですね。外出する前に、軽くはたいて出たりしていました。母は私ほど厳密に、猫から香水を隔離しようとしなかったので、デューンの香りに酔ったように寝転がるペルシャ猫の姿を見る機会もたまにあったのでした。

いまも、デューンの香りを思うとき、よそゆきを着た母の姿とともに、ご機嫌な表情で寝転がるランコの姿を思い出します。

不思議と目に浮かぶのは、夏の情景です。デューンという香水の名前が、そのままフランス語での砂漠であり、砂漠に咲く花々や、そこに吹く風を連想させるからでしょうか。

ロマンチックでドラマチックな花束を思わせる、そんな香りなのですが。

こう書くと、どこか優雅なイメージのお話ですが、ランコは糠味噌《ぬかみそ》の香りにも酔う猫でした。台所に置いてある、糠味噌の入った器のそばで、よくごろごろ転がっていたものです。

いま思うと、デューンや糠味噌を構成する香りの中の何かが、ランコにはまたたび的に、魅《み》入《い》られる香りだったのでしょうね。

香りの記憶

ランコは我が家の最初の猫で、その後の猫たちは、糠味噌の香りに酔わず、デューンのボディパウダーは、母が飽きて使わなくなったので、同じような猫が他にもいるものなのかどうかは、ちょっとわかりません。

さて、香りの記憶というものは、いつまでも残るもので。

もうずっと昔の冬に亡くしたランコの、その抱っこしたときの思わぬ軽さや、羊毛のような被毛の香りを、いまも思いだせます。懐かしく、優しい、落ち着く香りでした。

ランコの柔らかなおなかに顔を埋《うず》めるのが好きでした。手入れが悪くて、しょっちゅう毛玉を作ってしまって、申し訳なかったなあ、と思います。毛玉をほぐそうとしてブラシや櫛《くし》をかけると、毛がひきつれて痛い、とよく怒られました。けっこう容赦なく爪を出した前足で叩《たた》かれたりとか。たぶん、飼い主として馬鹿にされていたりもしたんじゃないかと。

痛めた腰の治療中に腎臓を悪くして、亡くした猫でした。真冬に、私が出版社のクリスマス会に出席するために上京して、帰ってきたときには腰を痛めていました。それからほんの数日の間に、弱って死んでしまいました。投薬していた薬が効かないと、その頃通っていた動物病院のお医者様が薬を変えてすぐに容態が悪化しました。

この猫に関しては、猫を育てることに慣れていない時期に飼った猫だった、ということもあり、わずか八歳で亡くしてしまったこともあって、いまも後悔ばかり残ります。

不思議な話なのですが、この猫の墓参りに行けなくなったことがあります。

少し遠いペット霊園にお骨を納めていたのですが、毎年の更新料を払いに行かなくてはいけない時期になっても、どうしても足が霊園に向かないのです。なんでこんなルーズなことに、と焦りながら、そのままずるずると何年も過ぎてゆきました。

その頃、ちょうど仕事が忙しかったこともあって、不眠症になってしまい、カウンセリングを受けたことがあります。

話の流れで、ふと、どうしても、猫の墓参りに行けなくて、という話をしました。

すると先生が、

「それはね、あなたが猫が死んだという事実を、認めたくないからですよ。認めてみませんか?」

といわれたとたん、

「嫌です」

自分でも驚くくらいに、激しい語調で、そう答えている自分がいました。

あれはほんとうにびっくりしました。

そんなことを自分が考えているなんて、まるでわかっていませんでしたから。

けれど、先生に認めなさい、といわれたときの、途方もない哀《かな》しみと憤りは、いまも思い出すことができます。

その後、ペルシャ猫の骨壺《こつつぼ》は、遠くの霊園から引き取ってきて、いまは我が家に置いています。

霊園には、謝罪とともに、管理費をまとめてお支払いしましたので、やはりほっとなさったでしょう。私も、骨壺が家に帰ってきたことで、とてもほっとしました。

骨になって灰になった猫も——心なしか、ほっとしているように思えたりもします。

あの猫に感じるものは、たぶん愛と後悔が形を変えた果てしない未練であり、きっとそれは、私が生きているうちは続くのでしょう。たぶん私は、一生、あの猫が死んだということが諦めきれない。認めたくない。

そんなのいいことではない、忘れなさいといいたくなる方はきっとたくさんいて、それが正しいことなのだろうとは思います。

——けれど。

この年まで生きてみると、それもまた、ありかな、と思うのです。

もはや死んでしまった猫にできることは何もなく、生き返らせることもできないけれど、私はあの猫が大好きだった。

だから、せめて後悔を抱き続けるという、そういう愛も、あるんじゃないかと。

ランコは亡くなる直前のその夜に、ろくに歩けなくなっていても、ひとのそばにいたい、と這《は》うように歩み寄ってきました。

もう目がろくに見えないような眼差《まなざ》しをしながらも、私たち家族が会話するその声を求めて、よろよろと歩いてきたのです。

最後の最後に、あの猫が望んだことは、家族のそばにいることでした。

それならば、いつもいつまでも、あの猫と別れたことを認めずに、諦めきれないままでいてもいいじゃないか、と思うのです。

心にいつまでも、あの猫を抱えていても。

はてしない哀しみは、普段は忘れています。他の感情や日々積み重なる記憶の層に埋《う》もれ、かさぶたに埋もれたように、感じなくなっています。

でも、私の心の中に、いつもあの猫への思いはあるのです。変わらずに。ずっと。

香りの記憶

年を重ね、いつか私の肉体が死を迎えたとき、もし、死後にも意識が存続し、魂が残るとするならば、おとぎ話のように、ペルシャ猫のランコと再会する日もあるでしょう。

そうしたらきっと私は、あの猫に何度も詫《わ》びる言葉を繰り返し、けれど猫は何もいわずに、私にすり寄り、また会えて良かったと喉を鳴らすのでしょう。

あの猫は私のことが大好きだったし、私のそばにもう一度戻りたかったでしょうから。

死後も猫にふれられるとするならば、私は猫を抱き上げ抱きしめて、ふわふわの軽いからだの柔らかなおなかに顔を埋めて、もう一度懐かしい香りを、思う存分、嗅ぎたいと思います。

そのときに感じる猫のからだのあたたかさも、耳に聞こえる喉を鳴らす音も、優しい呼吸の音も、いまから想像できる——そんな気がしているのです。

Essay

冬・クリスマスの女の子

クリスマス・イブ。長崎市。

大学生は、冬休みが長いところがいいなあ、なんて思いながら、舞衣《まい》は久しぶりのおばあちゃんの家の前に立ちました。

その家は、小さなカフェと画廊も兼ねているので、家をとりまく狭い庭にも、窓から見える部屋の中にも、クリスマスの飾りや灯りがきらきらしていました。

玄関を開ける前に、つい、スマホで写真を撮ってしまいます。あとでSNSにアップしようと思いました。

舞衣の友人知人、そしてたくさんいるフォロワーさんたちは、綺麗《きれい》なものや、その写真が好きなひとが多いので、みんな喜んでくれるでしょう。

光に包まれているように見える家に一歩近づくごとに、懐かしさに胸がどきどきしました。

大好きな家。舞衣が子どもの頃も、この家はこんな風に、クリスマスには灯りを灯《とも》していました。子どもの頃の自分に返るような、そんな錯覚が起きました。

小さい頃、長崎市に住んでいたときは、いつも入り浸っていたおばあちゃんの家。絵本に出てきそうな、木造の古い家。柱時計やちゃぶ台があるような、素敵な家。昔の昭和の戦争のあとに、原爆で焼けた、その焼け跡にひいおじいちゃんたちが手作りで建て直した家だって聞いたことがあります。だから、作り付けの便利な棚や、床下の収納庫があったり、欄間《らんま》や階段の手すりに綺麗な彫刻が入っていたり。そんなところも気に入っていました。

それから、その家には猫がいるところも好きでした。その頃はお母さん猫とその子猫たちが三匹いて、四匹の猫はいつも、舞衣と一緒にいてくれました。お母さん猫は、舞衣のことをお母さんみたいな優しい目で見てくれていましたし、そっと舐《な》めてもくれました。子猫たちは、舞衣も自分たちきょうだいの一匹みたいな扱いで、一緒に走ったり、かくれんぼをしたり、くっついてお昼寝したりしたものです。

そこで猫たちと一緒に、畳の部屋で寝転んで、たくさんある古い本を読んだり、好きなだけお絵描きしたりするのが好きでした。

おばあちゃんと暮らしていた、おばあちゃんのお姉さんのろみおばあちゃんが絵描きさんで、紙も絵の具も、いろんな画材もたくさんあったのです。たまにろみおばあちゃんに絵を習ったりするのも、楽しい時間でした。

ろみおばあちゃんは、若い頃から世界を旅して絵を描いていた、有名なひとでした。年をとって実家に帰ってきて、腰を据えるようになったのが、いま思うと、舞衣が長崎にいた時期と、ちょうど同じ頃でした。

長崎は、舞衣のお父さんの仕事の関係で一時的に住んでいただけだったので、子ども時代のほんの数年で元住んでいた東京へ帰ったのですが、この家にずっといたくて、号泣したことを思い出します。

「いつでも帰っておいでね」

おばあちゃんもろみおばあちゃんも、優しくそういってくれたけれど、長崎と東京の間は、そうそう簡単に子どもが往き来できる距離ではなく。数年に一度の夏休みや冬休みに、ほんの数日、お母さんに連れられて帰るのがせいぜいでした。

「でもいまは、自力で帰ってこられるけんね」

鼻を鳴らし、少しだけ胸を反らせました。昔に覚えた長崎弁を思い出し思い出し呟《つぶや》きながら。

まあ、自力で帰ってこられる、といっても、東京に住んでいると、なかなかこちらには帰ってこられないのです。バイト代で買うには、飛行機代はなかなか高くて。

「観光シーズンになったら、飛行機もホテル代も、高《たこ》うなるけんねえ」

舞衣は軽く肩をすくめました。長崎市は観光都市だから、仕方ないとは思いつつ。

「でも今年はクリスマスに帰れて良かった」

もう一枚、そして二枚。

目に焼き付けるような気持ちで、またスマホで、美しい、古い家の写真を撮りました。

「うん、綺麗《きれい》綺麗。絶対、フォロワーさんたち喜ぶな」

ＳＮＳのフォロワーが多いのも道理で、舞衣は大学で服飾を勉強する大学生。我ながら良い

冬・クリスマスの女の子

被写体を探し、うまい写真を撮れるという自負があります。ついでにいうなら、一流の型紙も引けるのですが、それはまだまだ勉強中で。

でもいつか、世界一のデザイナーになるのが夢でした。それもパリコレとかそういうのを目指すのではなく、世界中にいる、普通の女の子たちが、その服を着ると可愛く幸せになれるような、そんな服をデザインできるひとになれればな、と思っていました。

思えば、そんな夢を持つようになったのも、子どもの頃この家で過ごした時間があったからこそのような気がするのです。どこかでつながっているような。

さてこの家、おばあちゃんの家といっても、いまはもうおばあちゃんは亡くなり、ろみおばあちゃんがひとりで住んでいるので、ろみおばあちゃんの家、といってもよさそうなものですけれど、長年の習慣というものはそうそう変えられるものではなく。

「おばあちゃんが生きてた頃は、姉妹ふたりで暮らしてた家だものね。この家」

おじいちゃんは若い頃に亡くなったので、たまに外国から帰ってくるろみおばあちゃんとの暮らしは、おばあちゃんには寂しくなくてよかったんだろうな、と舞衣は思います。老いた姉妹ふたりの暮らしは楽しそうで、ひとりっ子の舞衣はちょっと憧れたりもしました。

姉妹と、それと代々の猫たちとの暮らし。

「物語の中の暮らしみたいだったなあ」

いまもこの家に猫はいるのです。たまにろみおばあちゃんが、写真をTwitterにあげたりしていますから。ろみおばあちゃんは、絵が描けるだけじゃなく、ネットや機械にも強くて、この家で開いている小さなお絵描き教室の公式アカウントを運営しているのです。長崎での折々の暮らしやニュースが綴《つづ》られた、普段の「Tweet」だけでなく、猫の写真も可愛い、と、人気のアカウントでした。

何しろ、ろみおばあちゃんは猫が大好きなのです。いやこの家に暮らしてきたひとびとはみんなが、というべきなのか。

おばあちゃんとろみおばあちゃん、ふたりが子どもの頃から、それこそ、昭和の、戦争前の時代から、この家には猫がいたそうで。もっともずっと昔には、猫は外で自由に暮らすことも多かったので、半分野良《のら》猫みたいに、好き勝手に暮らしていたとか。

「るい姉ちゃんがいちばん猫好きやったけどね」

おばあちゃんとろみおばあちゃんには、もうひとりお姉さんがいて、そのひとは、とても優しいお姉さんで、親を亡くした子猫を懐《ふところ》に入れてあたためて、山羊《やぎ》のミルクをあげて寝ないで育てたりしていたそうです。家に出入りする猫たちに、お母さん猫みたいに慕われていたとか。

「でも、るい姉ちゃん、猫たちと一緒に、原爆でねえ」

子どもの頃に亡くなったのだそうです。

いちばんなついていた白い子猫は、火傷《やけど》もなかったのに、死んでしまったそのひとのそばで、丸くなったまま、何も飲まず、食べないままに、息絶えたとか。

「あたしもあんたのおばあちゃんも、あんとき、一生ぶん泣いたけんが、何のあってももう泣かんとさ」

そういったとおり、ろみおばあちゃんもおばあちゃんも、強気でからっとした性格で、めそめそしているのを見たことはない、と、舞衣のお母さんはいつかいっていました。舞衣だってもちろん、そんなふたりを見たことはありません。

特にろみおばあちゃんは、いつだって元気で、勝ち気で、前向きでした。

「子どものまんまで死んでしもうた、るい姉ちゃんの代わりに、やりたかことば全部してやろうて思うてさ。るい姉ちゃんは、戦時中の窮屈か暮らししか知らんまんまで死んだやろう?」

長崎を出て、東京の美大に進学し、その後、海外を転々としつつ、そこで認められる一流の絵描きになったのも、死んでしまったお姉さんの分まで冒険するように生きたということなのかな、と、舞衣は思います。

「忙しゅうして、結婚できんやったけどね」

でも若い頃、映画みたいに素敵な恋愛はたくさんしたとかしないとか。幸せな人生を生きたから、何ひとつ後悔はなかとさ、と、ろみおばあちゃんはいいます。

いつだったか、そんな内容の言葉を、メールで聞かせてくれたこともありました。

冬・クリスマスの女の子

『綺麗かものばいっぱい見たし、綺麗かものば描く仕事に就けたし。いまは子どもたちに絵も教えよるしね。ほんと、良か人生よ。

でもねえ、自分の人生は後悔なかけどねえ。

るい姉ちゃんに、いまの長崎ば見せてあげたかったさ。長崎駅前のかもめ広場の、きらきらして音楽の鳴るツリーとか、辺りの電飾とか、華やかかとさねえ。姉ちゃん、クリスマスが大好きやったけど、戦時中は灯火管制ていうてね、夜も明るう電気ばつけられんやったけんね。いまの、明るうて楽しか、長崎とクリスマスば見せてあげたかったさ』

そんなことを思い出しながら、リースを飾った玄関に近づこうとしたとき――。

ふと、目の前を白い子猫が横切るのを見たような気がしました。

残像に目を奪われるように、猫のあとを目で追って、振り返ったとき、そこに、灯りを灯した庭木の間に、白いワンピースを着た女の子がひとり立っているのに気づきました。

楽しそうに、どこか懐かしそうに、にこにこと笑って舞衣を見ています。肩の上で切りそろえた髪が、とても似合っていました。足下にさっきの白い子猫がいて、舞衣を振り返ると、しっぽをあげて、にゃあと鳴きました。

何だか知っている子のような気がします。会ったことのある女の子のような。

舞衣は記憶力は良い方でした。特にひとの顔を覚えることには自信があります。

でも、小学生くらいの女の子に、長崎では知り合いはいなかったような――。

と、首をかしげてから、はたと思いあたりました。きっとろみおばあちゃんのお絵描き教室の生徒さんなのでしょう。子どもたちの写真はいつも、ろみおばあちゃんの年賀状に使ってあるし、画廊にも飾ってあります。前に長崎に帰ったときに、教室のお手伝いもしたので、そのとき話したことがある子かも。

「先生ば、訪ねてきたと？」

長崎弁で舞衣が訊《たず》ねると、その子は、ちょっと照れくさそうにうなずきました。

ああやっぱり、と思いながら、舞衣は玄関のチャイムを押して――。

「……あれ、いないのかな？」

しばらく待っても、近づく足音はありません。玄関のドアのそばの、あかりとりの窓から中を覗《のぞ》き込むと、クリスマスツリーが楽しげに灯りを灯しているばかり。

「どこか行ったとやろうか。部屋の電気はついとるけん、遠くじゃなかと思うけど――」

舞衣はその子に話しかけました。

「ごめんね。クリスマスって、意外と忙しかったりするもんね」

ああもしかして、自分が今夜帰ってくるから、その準備で何か――たとえばお刺身とか、クリスマスのご馳走《ちそう》とかケーキとか、近所の商店街に買いに行ったのかも、と思いあたったとき、

「知っとる」

女の子が舞衣を見上げて、はにかんだような笑顔でいいました。

「いつも、クリスマスに会いに来るとけど、忙しそうにしとるけん、気づいてくれんもん」

それはいけないなあ、と、舞衣は腕組みをしました。ろみおばあちゃんはクリスマスが大好きでしたけれど、子どもが訪ねてきても気づかないくらいじゃあいけません。おとなとして、先生としてどうなんでしょうか。

「先生の帰ってきたら、わたしが、めっていうてやるけん」

舞衣がいうと、女の子はふふっと笑いました。

「それにしても、早う帰ってくればよかとにね」

舞衣はこの家の鍵を持ってはいませんし、中には入れないと思うと、夜風の寒さが身に染みてきて。——ふと、気づきました。

「あら、半袖着とると？　寒うなか？」

女の子の白いワンピースは、お姫様のように美しい、ふわふわのデザインでしたけれど、真冬だというのに、半袖だったのです。

「大丈夫。わたし、寒うなかもん」

白い子猫を抱きしめて、女の子は楽しそうに笑います。

ああこういう子、いるよな、と舞衣は思いあたりました。真冬でも半袖を通したり、超ミニのスカートをはいたり。子どもの頃って、変な意地をはる子もいるものです。

「だめだめ、風邪引くよ」

舞衣は、自分の首に巻いていていた、白いモヘアのマフラーをはずすと、その子の首にふわりと巻いてあげました。

「わあ、綺麗か」

と、その子は目を丸くしました。モヘアに顔を埋《うず》めて、

「あったかか」

と、笑いました。

そのマフラーは自慢の手編みでした。大学の近所の教会のバザーに出ていた古い舶来のモヘアを編んで、これも古い、ガラスとパールのビーズを編み込んで散らしています。雪が降り積もる景色のようにふんわりと編み上がったお気に入りでした。

女の子の華奢《きゃしゃ》な肩を覆うと、天使の羽のように見えました。

「これで、ちょっとはあったかかやろ」

女の子は笑顔でうなずきました。

「とっても」

ろみおばあちゃんはなかなか帰ってきません。

舞衣はまったくもう、と思いました。自分は多少寒くてもいいとしても、女の子がかわいそ

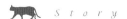

うです。時間も遅くなってきて、気がつけばもう八時を回っているではありませんか。

「絵の先生、ちょっとまだ帰ってこんごたるけん、あなたはおうちに帰ったほうがようなか?」

女の子は、舞衣をじっと見上げると、首をゆっくり横に振りました。

そして、いいました。

「きっと会うても気づいてくれんやろうし、そいならここで、お話ししときたか」

「うーん、でも、じっと立っとるとも……」

いくら南国長崎といえど、さすがに十二月の夜。空気はだんだん冷えてきて、足の裏が、凍り付きそうな気がします。

「何かいい暇つぶし……そうだなあ、どこかに綺麗なツリーでも見に行こうかな」

そうだ。ずっと前に一度見に行った、長崎駅前の、音楽にあわせて光を色とりどりに灯すツリー。今年もあそこにあるのでしょうか。

ちょうど見に行きたかったし。写真も撮りたいし。

おばあちゃんの家からはちょっと遠いけれど、まあタクシーに乗れば、片道十分もかからないでしょう。タクシーで往復してきて、ろみおばあちゃんが帰宅しているなら良し、もしまだだったら、この子を、たぶん近所だろう家まで送ってあげよう、と決めて、うなずきました。

「ね、駅の素敵なクリスマスツリーば見に行こうか?」

身をかがめて誘うと、女の子が目を輝かせました。

白い子猫は女の子の猫だといいます。マフラーでくるんで抱いて、タクシーに乗りました。

「猫、よかですか？」

乗るときに運転手さんに一言いうと、運転手さんは、怪訝《けげん》そうにうなずきました。

「長崎駅前のクリスマスツリーば見に行きたかとです。すぐにこっちに帰りますけん、待ってください」

そうお願いすると、滑り出すように、タクシーは夜の中へと走り出しました。

星の海のような東京のまばゆい夜景とは違いますが、素朴で明るい長崎市の夜景も良いもので、舞衣は女の子と一緒にうっとりとして、流れてゆく街の灯りを見つめました。

そして、長崎駅前の大きなクリスマスツリー。三十分に一度、音楽にあわせてステンドグラスのような色彩の光が色とりどりに灯る、そのタイミングにちょうど間に合ったようでした。

ツリーが音楽を奏で、それにあわせてリズミカルに光を放つ様子は、どこか魔法のようで。

駅前にいた旅行者や、地元のひとたちは、それぞれに足を止め、小さく声を上げたりして、ツリーを見上げました。スマホやカメラで写真を撮ったり、動画を撮ったりするひとたちの姿がそこここに見えます。

「人間ってさ、こんなに綺麗で素敵なものを作ることができるんだよね」

舞衣は自分も写真を撮りながら、しみじみと思いました。

ツリーの写真を撮るとき、女の子の後ろ姿も入ってしまったのですが、白い子猫を抱いて、マフラーとワンピースをなびかせるその様子が、クリスマスだけに、やはり天使そのものに見えて、

「映画みたいだなあ」

と、舞衣は呟いたのでした。

それか絵だな、と思いました。ろみおばあちゃんが描いた天使の絵に、こんな女の子とクリスマスの情景の絵があったような気がしました。玄関に飾ってある、古い大きな絵です。

雪がはらはらと降ってきました。

「ああ、道理で寒いと思った」

舞衣は身を震わせると、女の子に声をかけ、帰ろう、といいました。

女の子はうなずくと、こちらに走ってきました。

帰りのタクシーの中で、女の子は窓に顔を押し当てるようにして、夜景を見つめていました。

子猫も同じでした。

「ああ、もうついてしもうた。ずっとずっと見ときたかった。綺麗か長崎」

おばあちゃんの家の前に、タクシーが停《と》まる頃、女の子が小さな声でいいました。

舞衣も同じ気持ちでした。

「そうねえ。ずっと見ときたかったよね。タクシーの中から見たら、知っとる街の夜景でも、映画のごと見えるよね」

女の子はちょっと不思議な感じで笑いました。腕の中の子猫も笑ったように見えました。

舞衣は開いたドアから、外へと降りました。

女の子が降りやすいように、手を貸してあげようと振り返ったとき、女の子が笑顔でいいました。

「ありがとう。またね」

そしてたしかに目の前にいたはずの女の子と子猫が、急にいなくなったのです。

タクシーの後部座席に白いマフラーだけを残して。

「あれ？　あれれ？」

車内にからだを入れて、ぐるりと車の外を見回してみて。

舞衣が慌てて女の子を探していると、運転手さんが怪訝そうに訊《き》きました。

「どうかしたとですか、お客さん」

「一緒に乗っていた女の子が、どこかに行っちゃって」

運転手さんはしばし黙り込み、そして、いいました。

「お客さん、最初からずっとひとりやったですよ。ずっと誰かとお話しされとりましたけど」

走り去ってゆくタクシーを見送って、舞衣はふと思い出してスマートフォンの画面を見ました。長崎駅前のツリーの写真は保存されていましたけれど、たしかに写したと思った、あの女の子の後ろ姿はそこにはありませんでした。

「ああ、そうやったとね、だけん、半袖でも寒うなかったと……」

白いモヘアのマフラーを自分の首に巻きながら、肩をすくめました。

怖いと思わなかったのは、昔から、よく不思議なものを見る質《たち》だったからでした。それにあの子は、ただ可愛くて、懐かしいばかり。不気味な感じなんてかけらもなかったし。

そして、ゆるゆると思い出しました。

「あの子、昔も会ったことあったかも……」

子どもの頃、この街に住んでいたときの、クリスマス。やっぱりおばあちゃんの家の庭で、白いワンピースの、子猫を抱いた女の子に出会ったことがあったかも。

あのときは、たまたま、そばに他にも子どもたちがいたので、近所にこんな子がいたかしら、とかそれくらいしか思わなかったような気がします。半袖なのが不思議だったかも。でもあのときも、そんな子っているよね、と流してしまったような気がします。

そして、よく似合うワンピースが印象に残って、しばし見つめていたような気がするのです。

ただ――。

「白かワンピースの女の子の、今そこにおったよ」

と、おばあちゃんとろみおばあちゃんに何の気なしに告げたとき、ふたりともはっとしたような悲しいような顔をしたことを、今更のようにありありと思いだしたのでした。


おばあちゃんの家に、ろみおばあちゃんは、ちゃんと帰ってきていました。

やはり、舞衣のためにケーキやご馳走を買いに行ってくれていたようです。

「ちょっと遠くまで足ば伸ばしたら、遅うなってしもうて。ごめんね、寒かったやろ」

綺麗なお皿にあれこれご馳走を並べるろみおばあちゃんを手伝い、テーブルのまわりをはしゃいで走り回る猫たちを眺めながら、舞衣は白いワンピースの女の子の話をしました。その子と白い子猫と、タクシーに乗って一緒に、長崎駅前のツリーを見に行ったこと。その子がとても喜んでくれたこと。写真にその子の姿が残らなかったこと。タクシーの運転手さんには、その子と子猫が見えなかったこと――。

気がつくと、ろみおばあちゃんは、笑顔のまま、唇を震わせて涙を流していました。

そして、身をかがめてエプロンで涙を拭くと、「ありがとうねえ」といいました。

「ありがとう。るい姉ちゃんに、いまの綺麗か長崎ば見せてくれて」

泣き笑いしながら、いいました。

「お姉ちゃん、毎年クリスマスに帰ってきとったとなら、大きか声でただいまっていうてくれとったらよかったとにね。姉ちゃん、優しゅうて、遠慮する質やったけん、いつも物陰でこっちば見とったとかなあ。あたしだって、会いたかったとにねえ」

「またね、ってあの子はいったから、きっとまた会えるよ」

舞衣がそういうと、ろみおばあちゃんは、静かにうなずきました。

きっとまた、あの子はクリスマスに帰ってくるのです。この家に。

ろみおばあちゃんはしばし涙にくれていました。

やがて、いいました。ゆるく首を横に振りながら。

「ごめんね舞衣ちゃん。心の底から信じられたらよかとやろうけど、ろみおばあちゃんにはね、やっぱりどうも、そげん素敵な奇跡の起きたって信じきれんかも知れんたい。心の奥の、奥がどうもね。ごめんね。信じたかとにね……そいでもねえ」


白いワンピースを着た天使の絵は、玄関のそばに飾ってありました。この家には他にも絵がたくさん飾ってあって、その中の一枚だったので、舞衣は初めてのように、その古く大きな絵をじっくりと見つめました。

その子は腕の中に白い子猫を抱いていました。クリスマスツリーが飾ってある、幸せそうなクリスマスの情景の中で、いまにも泣きだしそうな顔をして、そこにいました。

舞衣が会ったあの子だ、と思いました。

足下にまつわりつく猫を抱き、その絵を見ながら、ろみおばあちゃんがいいました。

「るい姉ちゃん、可愛か女の子やったとに、火傷でひどか姿になってしもうてね。ずっとずっと最期の姿の目に焼き付いてさ。綺麗かお洋服ば着せてあげたかった。白かワンピースとか似おうたやろう。平和な時代にクリスマスば楽しませてあげたかった。そう思うてせめて、って絵に描いたとけど——どうしても、悲しそうな表情になってしもうてね」

そのときでした。ろみおばあちゃんの腕の中の猫が、ひげをぴんと伸ばして、女の子の絵を見つめたのです。

絵の中の女の子が、微笑《ほほえ》んでいました。

その前の瞬間まで、たしかに泣きそうな、悲しい表情をしていた、絵の中の女の子が。

その唇が動きました。

『またね』

と。


一瞬のことでした。

そして、その瞬間が過ぎてからも、絵の中の女の子の表情は、前とは違って、ほんのりと幸せそうな、そんな表情に変わっていたのです。

舞衣は、ろみおばあちゃんを振り返りました。

「ろみおばあちゃん、いま、絵の……」

ろみおばあちゃんは何もいわず、黙ってうなずきました。腕の中の猫をぎゅっと抱きしめて、そして涙をぽろぽろと流しながら、深くうなずいたのです。


窓の外には白く雪が降りしきりました。

ホワイトクリスマスになるのかも知れません。

雪に交じって、白い子猫と女の子の姿が見えたような気がして——楽しげに、それぞれに翼があるように軽やかに夜空を駆けてゆく姿が見えたような気がして——舞衣は微笑み、そばにいた猫たちの頭を撫《な》でました。

「ひとも猫も、いい夜を迎えていますように。世界中のみんなが幸せでありますように」

サンタさんにお願いできるなら、そんなことを願いたいな、と思いました。

「ちょっとスケールの大きすぎて、サンタさんの袋には入らんかも……」

そんなことを呟きながら、そっとカーテンを閉めました。


(長崎弁翻訳　童心社　橋口英二郎)

帰りたかった子どもの話

いつも、帰りたい子どもでした。

親が自衛官でしたので、数ヶ月から一年くらいで次の街、また数ヶ月から一年で次の街、というような、引っ越しばかりの子ども時代を過ごしました。

小さいときからそんな暮らしだったのですが、幼心にもどこか落ち着かない、寂《さび》しい日々だったような気がします。

特に、物心ついてからの最初の引っ越し、入学した小学校が千葉県で、二年生から九州に転校、というのが子ども心に辛《つら》かった。

一年生のときの担任の先生にとても可愛がられていたこともあって、その頃の私は学校が大好きでしたし。

空路の引っ越しのために両親に連れられて訪れた羽田空港を、泣きたい気持ちで歩いていたこと、飛行機に胸が潰れるような想《おも》いを抱えて乗ったことを覚えています。

窓の外には、どこまでも続く遥《はる》かな空と青い海が見えて、その美しさよりも、飛んでも飛んでも目的地に着かない、遠い距離がひたすら悲しくて。

いつかきっと飛行機に乗って、元いた街へ帰ろうと思っていました。


それはどこか、祈りに近い願いというか。

一年生には飛行機の距離の移動は、果てしない遠さで、自分の力ではなし得ない難易度の高い空の旅で。

だから魔法や奇跡を待ち望むような気持ちで、また空を飛んであの街へ、あの学校へ帰りたいと願っていたのだと思います。


転校先の、九州のある街の小学校の、担任の先生には不幸にして馴染《なじ》めなくて、私は学校が嫌いな子どもになりました。

一年生のときの担任の先生と、その先生と。どちらも女の先生だったのですが、キャラクターが違っていて。

千葉の先生はいつも笑顔で優しくて、ふんわりと抱きしめてくれて褒めてくれて、けれど叱るときは叱る、といういま振り返っても理想的な小学校低学年の先生で。

一方、二年生の担任の先生は、やたら声が大きくて、喜怒哀楽が激しく、歩くのが遅いと背中を突き飛ばす、というワイルドな先生でした。怖かったのを覚えています。

たしか日に焼けて、いつもジャージ姿だったような記憶がありますが、その辺はもしかしたら、記憶に演出が入っているかも。


これは、当時の私視点の記憶で、思慕と恨み辛みは加算されているかと思います。

それと、子どもと先生にも相性があって、私のようなタイプの子どもと向かい合うのがうまい先生と、そうでもない無器用な先生がいたのではないだろうかといまは思います。


当時の私は、お利口さんな代わりに繊細な傷つきやすい子どもでした。こう書くと優しい良い子のようですが、賢さの分だけ周りの子を馬鹿にしがちな歪《いびつ》な傾向もありました。

一年生のときの先生は、おそらくはそんな私の良さを見出《みいだ》し、いつも目の端に留めて優しく褒めつつ伸ばしていこうとしてくださっていたわけですが、転校先の先生は、きっと根がシンプルで大らかで、子どもたちとぶつかりあって、夕陽《ゆうひ》に向かって走るような日々を送りたかったのではないでしょうか。

……おとなになったいまでも、私はそういうタイプのひとは苦手だなあといま思いました。

やっぱり相性が悪かったのでしょう。

とにかく学校が嫌で悲しくて、千葉に帰りたいなあ、とずっと思っていました。

その後、三年生で神奈川に転校して、ここでまた素敵な担任の先生（笑顔が明るくて歯が白い、ハンサムな先生でありました）と出会い、学校がまた楽しくなって、という繰り返しを、高校で長崎に落ち着くまで、全国を転々としつつ、何回も繰り返したのでした。

そんな中で、中学校はまた千葉の学校で、そこがまた相性が良くて楽しかったりしたので、懐かしい記憶の多い関東でも、千葉はやはり私にとって特別な街になっています。

大好きだった街があり、生きてゆくだけで必死なくらいに合わなかった学校があり、そんな繰り返しの中で、小学校中学校と、いつも転校生だった訳で。

そうそう、当時よく、名前よりも、「転校生」と呼ばれていました。その呼び方に慣れていましたね。

図書館と学級文庫が命綱で、読みかけの本の続きを借りて読むために、学校に通っていました。本がいちばんの友達で、のちに子どもの本の作家を目指したのも、あの頃の自分のような寂《さみ》しい子どもたちのために、面白い本を一冊でも多く書きたかったからです。

いつも、帰りたい、と思っていました。

楽しかった街に帰りたい。優しい先生や友達のいる場所に戻りたい、と。


転校生だった頃、転校したことのない子から、うらやましい、といわれたことがありました。

「だって、いろんな街で友達が出来るじゃない？」

実際、同じように転勤族の父を持つ、いわば転校生仲間には、転校先で溶け込むことがうまい子たちもいたのです。

速攻で転校先の方言を覚えるとか、新しい世界の輪の中に入るための技術ですよね。

言葉が違う、というのは、いつもトラブルの元になりました。

でも私にはそれは出来なくて、ずっと好きだった街の言葉を使っていました。

それがつまり、千葉や神奈川の、懐かしい関東の言葉で、だから今も私は、それ以外の言葉は使えません。


引っ越しの繰り返しの中で育ってきた子どもにとっては、故郷と呼べる街はなく、かりそめでも愛着を感じた街の思い出が、いつか故郷の思い出のように大切なものになっていたのだと思います。

だから故郷の言葉を大切にするように、私はずっと、どこへ行っても関東の言葉を使い続けてきたのでしょう。


子どもの頃の辛《つら》い経験は、おとなになると得がたい宝物になるから、と俗にいいます。

今の私は作家になったので、様々な経験や記憶が、たしかに役に立っているところはあります。

世の中の見方その他、あの日々があったから、素地が出来たところもあります。

それと、子ども故の純粋な優しさや醜悪さと出会う機会が多かったことは、たしかに望んでもそうそう得られない、お金では買えない経験だったでしょう。

人間というものは、自他ともに弱く、時に強く、優しくもあるのだとあの日々を通して知ったような気がします。

友達はいれば楽しいけれど、いなくても大丈夫だということも。

そして、集団でいるときの人間と、個々の人間とでは違うこと。

人間関係は多く土地や環境に左右され、つまりその地を離れれば消滅する、さして意味のないものだということも。

世界に絶対的で普遍的なものは少ないのだと、あの頃に知ったような気がします。

思えば、仕事が辛くて多少大変なことがあっても、いつも乗り越えることが出来るのも、あの頃の苦労よりはマシだと思えるからかも。

でもなあ、と思うのです。ひとつところで、できれば相性が良い土地や学校で、毎日笑って、たまに友達と喧嘩《けんか》したりしながらも、のびやかに育つことの出来た自分の書いたものも読んでみたかったな、と。故郷でずっと暮らし、ここを離れるなんて考えられない、と笑顔でいえる自分を見てみたかったかも。

時を経て。

いま長崎市で作家をしている私は、打ち合わせなどがあるたびに、飛行機に乗って羽田空港へと向かいます。

あの頃あんなに遠く感じた、関東と九州の間の空の旅が、いまはうたた寝している間に終わる、日常のひとつになりました。

用事があればひょいと飛行機に乗るので、自分が年に何回空の旅をしているのか、ここ数年は数えることすらしなくなりました。

千葉へも神奈川へも、その地の書店さんにご挨拶するために足を運んだりします。

心のふるさとなんですよ、という話をしたりします。

千葉の、小学校と中学校で入学した学校の方たちには、その後、先方からお声掛けいただいてやりとりをしました。いろんな機会に思い出話をしたりしていたら、想《おも》いが届いたようで。どちらの学校も、入学しただけで卒業はしていないのですが、卒業生のように思っていただけているようです。

当時、図書館に私の本を置いてくださっていたようですが、もしかして、いまも棚のどこかにあるのかしら。そうなら嬉《うれ》しいなあと思います。

おとなになったいま、思い返すのは。

小学一年生だった頃、私のことを慈しんでくださった担任の先生のことです。

お利口さん、あなたは本を読むのが上手、といつも褒めてくださっていた先生の記憶があったから、頑張れたのではないかな、と今更のように気づいているのです。

あれからどんなにひどい先生に出会っても、時としてろくな扱いを受けなくても、幼い日にあなたは良い子だと抱きしめてくれていた存在があったから、大丈夫でいられたのかなと。

さかい先生。

ありがとうございました。

たぶんいまも、私の心の中にあなたはいます。

その書店の名は

それはもう、何十年も昔のこと。

ある街の、駅のそばに、その大きな書店はありました。

店の中には階段があり、二階か三階までも、本棚が並んでいました。

書店の名は、「青春書店《せいしゅんしょてん》」。

そこではなぜかいつも、小鳥のさえずりの音のBGMが流されていました。

ブックカバーは、くすんだ黄色の紙に、緑色の樹のシルエット。

「小鳥の声が聞こえる青春書店」というのが、店のキャッチフレーズでした。


その作家は、まだ中学生だった頃、その書店で文庫本を買いました。

外国の作家の短編が好きで、O・ヘンリーやサキや、あるいは『シャーロック・ホームズの冒険』あたりも、その書店で買ったのかも知れません。

作家は、小鳥の声が聞こえる、その書店が好きでした。

そして、階段を上り、見上げるたびに、

「ここはなんて大きな書店なんだろう」と、うっとりしていました。

作家は、子どもの頃から、本が好きでしたから、大きくて立派な、たくさんのたくさんの本が並んでいる、その書店が大好きだったのです。


それから、長い年月が経《た》ち、おとなになった作家は、その書店を訪ねてみました。

「まだ続いているかどうかわからないけどね」なんて、周囲にはいいながらも、心の底では、あの店はきっとまだあるに違いない、と、信じていました。

かつて、バスで通っていた街に、作家は電車に乗ってたどりつきました。

残暑のまぶしい日差しに包まれた駅前の街は、昔通りにひとびとが大勢行き交い、にぎやかに栄えていました。そこはとても広くて、知らない街に見えました。

作家は、ここまできたものの、どうやって店を探せばいいものか、一瞬、途方にくれました。でも、いい年をして、「なるようになるさ」と思う質《たち》でしたし、店を探しながら歩くのも、楽しいかと思いました。


歩き出してまもなく、一軒の店が目にとまりました。

大きな看板をつけた、地味な雰囲気の書店です。

古いタイルが壁に貼ってある、歴史がありそうなお店でした。

しかし、看板の文字は、青春書店ではありませんでした。

あたりまえだ、と、作家は思いました。

「なんか気になる本屋さんだけど、青春書店じゃない。あそこは、あんなに小さな店じゃなかったもの」


それから、ぐるぐると作家は街を歩きました。

けれど、残暑の街をいくら探しても、青春書店はありません。

ふと不安になって、ちょうど見つけた、古そうな薬局の薬剤師さんに訊《き》いてみました。

「あの、もうずっと昔のことになると思うんですが、この辺りに、青春書店という本屋さんがなかったでしょうか？」

「ああ」と、妙齢の女性薬剤師さんは、白衣の腕を伸ばしました。

「あそこは名前が変わっちゃったんですよ。あっち、駅のそばに、ありましたでしょ」

「え？」

駅のそばにあった書店というと、通り過ぎてきたあの小さなお店しかありません。

薬剤師さんは、言葉を続けます。

「なんだかね、経営者の方もたぶん、変わっちゃったみたいで」

作家は、そのお店まで戻ってみました。

そして、中に入ってみました。

そこに、昔たしかに見上げた記憶がある階段がありました。

小鳥のさえずりは聞こえませんでした。

まだ、信じたくないような気がしながら、作家は、レジにいた若い青年に訊《たず》ねてみました。

「ここは昔、青春書店という名前だったんでしょうか？」

眼鏡をかけた、まじめそうな青年は、どこかに電話をかけて、

「はい、そうだったみたいです」と、答えました。

作家は、まあしょうがないか、と思いました。

いくらなんでも、十代の頃から今日までの歳月は長すぎます。店の経営者が変わるなんてことも、ありそうなことです。本屋さんの名前が変わることも。

それに、と、作家は思いました。昔は本当に大きな書店だと思っていたけれど、昔の自分は、子どもだから背が低かった。それにだいたい、いまの自分は、これよりもいくらも巨大な本屋さんを知っている。だから、店が思ったより小さく見えてしまうのも、仕方がないことなんだわ。

その書店の名は

児童書のコーナーに行きましたが、作家が書いた本はなかったので、雑誌と文芸書を買いました。レジでお金を払うとき、「実は自分は童話作家でね。子どものときに、ここでよく本を買っていて……」と青年に途中まで話しかけて、なんとなくやめて、笑顔で書店を出ました。

商店街の大通りは、ところどころ昔のままで、ところどころ新しい、キメラのような街になっていました。

作家は、模型屋さんの店長と話し込み、通りすがりの老いたチワワをつれた老婦人と犬の話をし、化粧品店で、昔の珍しい香水を見つけて喜んだりしました。

作家と同世代の、模型屋さんの店長は、「もうこの街も、すっかり変わって悪くなっちゃって。悪い子が増えたし」と苦笑していましたけれど、作家にはこの街は、そう悪い街だとは思えませんでした。

化粧品店の、街の生き字引のような妙齢のお姉さまは、作家が話のつれづれに、この街への思いを話すと、目を潤ませて感動してくれたので、作家はつい、気前よく、「記念に一本だけ買うつもり」だった香水を、二本も買ってしまったりもしました。

お姉さまはいいました。

「お客さんは、引っ越しと転校の連続で、そりゃあ大変だったかも知れない。でも、それで、いまの積極的な誰とでもお話しできるひとになれたのなら、いいんじゃないの？」

駅のそばの、どのお店かの入り口に、電光掲示板が飾ってありました。

作家が、そのそばを通り過ぎたとき、そこにはたまたま、「お帰りなさい」の文字が、点滅しながら表示されていました。

時間は夕方近く、その駅に降り立つひとびとのために、そこにはその文字が映るのでしょう。

でも、作家は、街の魂が自分に、「おかえり」をいってくれたのかもな、と、少しだけ笑いながら、思いました。

昔、ある街の商店街に、小鳥のさえずりが聞こえる書店がありました。

子どもの頃の作家は、そこで、O・ヘンリーやサキの本を買い、そしてやがて、自分も作家になりました。

昔、青春書店という名前の、立派な書店がありました。

もしも世界に不思議があれば

うちの母方は、長崎県の平戸島《ひらどしま》、いわゆる奥平戸《おくひらど》なんて呼ばれる辺りの出身なのですが、母が昔、祖母から聞いたという話になかなか面白いものがありまして。

ひとが死ぬと、黄泉路《よみじ》の旅の途中、竹藪《たけやぶ》が続く場所にさしかかるのだそうです。その竹藪の根元を、なぜか亡者は身をかがめ、指で掘りつつ進まなくてはいけないらしいのだそうで、それはもう辛《つら》いらしい。

が、生前猫を可愛がっていると、その猫が現れて、一緒に竹藪を掘ってくれるのですって。するると亡者は、少しは楽に竹藪を抜けて先に進めるのだとか。

亡者が竹藪の根元を指で掘る、ってどういうシチュエーションなのか、なぜ竹藪なのか、あるいは贖罪《しょくざい》みたいな意味合いもあるのか、微妙にわからないのですが、何しろ母が大昔に、いまは亡き祖母から聞いた話ですから、いまとなっては細かいことはわかりません。

そもそもこれは民間伝承なのか、祖母がどこかで聞いたり読んだりした話なのか、はたまた祖母の空想、あるいは創作なのか。

何もわからないままに、ただ、祖母が語った話、として存在しているお話なのでした。

雰囲気としては、アジアの民話にルーツがありそうな感じ（黒潮に乗ってやってきたお話っぽい）なので、図書館の民俗学の本などで調べてみようとしたことはあるのですが、そのときは似たような言い伝えなどは見つからず。でも活字になっていないからといって、祖母オリジナルの空想だといい切ることも出来ず。

死後の世界の話なのに、なんだか、あったかいほのぼのとしたお話で、古い伝承として、信じたいような気もしています。

だって素敵じゃないですか。黄泉路についてきてくれる猫。

西洋風に、天国のそばの虹の橋のたもとで待っていてくれて、飼い主の死後、一緒に橋を渡り、天国に行ってくれる猫というのも憧れですが、ともに行く手の困難に立ち向かうアクティブな猫との再会というのもドラマチックで盛り上がるような気もします。

そして思うのは、こういう言い伝えが馴染《なじ》むのはやはり猫なんだなあということで。

黄泉路には犬は現れないような気がします。犬がひとに尽くすのは生前のことで、猫は死後、あるいは化けてあやかしとなって、飼い主の恩に報いるイメージが。有名な佐賀の化け猫の話とかもそうですね。

猫は犬に比べて多く非力なので、化けでもしないと強いものになれないだろうという考え方もあるのでしょう。また、日本においても諸外国においても、猫は、現実世界に存在しながら、魔物に近いものとして、なかばファンタジー世界の生き物のような扱いをされることが昔から多いように思います。

さて、私自身は実は、昔から、オカルト的なものは、面白がりつつ、憧れつつも、半分しか信じないようにしています。意識して信じ過ぎないようにしているというか。逆に百パーセントの否定も避けるようにしています。

子どもの本の専業作家だった時代が長いので、自分の考えが子どもたちのものの考え方に影響を与えかねないから気をつけていなくては、といつも思ってきました。それがいつか、身についてしまったスタンスのような感じですね。

世界には人知では計り知れないような、不思議や奇跡がたくさんあるといいなあといつも思っています。それならば、死後も意識は消えず続いて、魂もあって、肉体が滅びても永遠に生きていくことはできるのだと信じられそうな気がしますもの。

それならば、逝ってしまった寂しがり屋の父親と再会して喜ばせてあげたり、これまでに死なせてしまった代々の猫たちと再会して、ぎゅうっと抱きしめたりできるなあ、なんて思えますから。


ただ、いくら信じたくても、オカルト的なものを安直に信じたり、信じ込んで世界を単純すぎる目で見るようなことだけはするまいと思っています。

一方で、意識が清澄なときに、何の疑いようもない不思議な出来事に遭遇したら——心置きなく、不思議を信じて、ああ良かった、と喜べると思っています。

夢や魔法、ファンタジー世界を描く作家でありながら、思考はリアリスト寄りだということなのでしょう。


さて、そんな私なのですが、猫がらみの不思議な体験、実はあるのです。

それもちゃんと意識も冷静さもある状態で複数回、経験したことでした。

あれはもう、四十年も昔のことになりますか。

長崎市の坂の上の町のアパートに、母と弟と三人で暮らしていた時期がありまして。

私は高校生、弟は小学生でした。

当時、父は硫黄島《いおうとう》の基地に単身赴任していて、それが終われば、一家で関東に戻る予定だったので、仮の住まいとしてアパートに住んだのです。

結局は父がからだを壊してしまい、それをきっかけに関東に戻ることはやめて、長崎市（村山家の本籍地でした）にマンションを買い、落ち着くことになったのですが。


その坂の上の、いかにも長崎らしい坂道と石段のそばにあるアパートの周りには、これまたいかにも長崎らしく猫たちが自由に歩いていまして、そのうちの一匹の若い白猫が、我が家を気に入り、出入りするようになったんですね。

我が家でご飯を食べ、昼間は部屋の近くでくつろいだり、トカゲと遊んだり。夜は部屋に上がり込んで、布団で眠ったりしていました。

冬の日に、うちに泊まりに来ていたいとこと猫が、同じ枕に頭を載せて眠っていた寝顔を覚えています。やはり冬の日に、アパートの鉄の階段の踊り場で、その猫とふたり、星空を見上げて星座を探したりしたこととか。


昔のことですから、ご飯といってもいわゆる猫まんま、白いご飯に鰹節《かつおぶし》をかけて、お醤油《しょうゆ》をたらして混ぜたもの。それにソーセージとか。いまの常識ではあり得ないようなご飯ですが、美味《おい》しい美味しいと食べていた顔も覚えています。

というか、思えば我が家は猫が自由に出入りする状態でアパートに住んでいたんだなと、振り返ると、大らかな時代だったんだなあと思います。

その辺りもいまの常識からすると、ちょっとあり得ないような話なのですが、まあ、遠い昔の話ですから、ご寛恕《かんじょ》ください。

その猫は、全身真っ白な綺麗《きれい》な猫で、目は青く、しっぽが短かったと思います。いま思うと、まだ一歳か二歳にしかならないような、ごく若い猫だったような気がします。

首輪のない雄猫で、だけど、アパートの庭で、私と弟がその猫と遊んでいたら、近所の子どもたちが、その猫は誰々さんとこの猫だよ、と教えてくれたことがあるので、飼い猫だったのだと思います。

実際、その猫は、野良《のら》猫にしてはひとなつっこくて優しかったですし、私が首輪をつけてやったら、外されて帰ってきたこともありました。

ほんとに優しくておっとりとした猫で、喧嘩《けんか》には弱かったですし、よそのうちの屋根の上に上がって降りられなくなって、助けてあげたこともありました。

弟がいちばん可愛がっていて、おいちゃん、と名づけて呼んでいました。弟は私より猫が好きなのですが、彼が猫好きになったのは、おいちゃんとの出会いがあったからではないかと私は思っています。

さてそのおいちゃんですが、私にとてもなついていました。目を細め、喉を鳴らして、私の膝の上に座ったり、丸くなったりして、私の顔を見上げるのが好きな猫でした。

ここでその、猫がらみの不思議な体験の話になるのですが――。

我が家は最初の頃は、なるべく彼を部屋に入れないようにしていたんですね。借家のアパートですし。本来はうちの猫ではないですし。

彼が来ても玄関のドアや、お風呂場の窓を閉めていたら、中には入れません。が。彼はある日、アパートの庭に植えてある柿の木に登り、その枝から、窓の柵に向かってジャンプしてぶら下がる、というアプローチを閃《ひらめ》きました。

前足だけで柵にぶら下がっている彼を引っ張り上げてやらないと地面に落ちるので、こちらは慌てて窓を開けます。おいちゃんは首尾よく部屋の中に入ることが出来たのでした。

その繰り返しの内に、人間側がもうあきらめて、普通に部屋に上がり込む猫になったのでした。

不思議だったのは、おいちゃんが窓に向かってジャンプする前に、いつも必ず、私以外には聞こえない猫の声が、聞こえていたのです。

それが、耳に聞こえるのとは違う、はっきりと頭の中に響く声でして。

「あ、おいちゃんが来る」と思って、窓の方を見ると、すりガラスに白いからだが映っているのでした。


この体験が、何しろ一度や二度のことではなく、日常の中で普通に繰り返されていたので、あれは一体何だったたんだろう、といまもたまに思い出します。

昔は耳が良かったので、猫の発する、超音波のようなものが聞こえていたのかなあとか。猫は、母猫を呼ぶときに超音波で呼ぶ、という話がありますし。

でもあの独特な、頭の中に響く声は、いわゆるテレパシーみたいなものだったようにも思えたりして。猫には人間のそれのような言語がないので、想《おも》いを伝えようとしても、にゃー、という叫びにしかならなかったのかな、なんて。


後にも先にも、頭の中に聞こえる不思議な声で呼びかけてきた猫は、おいちゃんだけでした。

そんなおいちゃんでしたが、我が家が長崎市内のマンションを買い、そこで暮らすことになったので、お別れになりました。

引っ越しの準備が進む内に、彼は哀《かな》しそうな怯《おび》えた顔をするようになり、かといって、よそさまの家の猫をつれていくわけにもいかず。

すっかりやつれてしまった彼と、私たち一家はお別れしたのでした。

引っ越した先は、彼の縄張りからは遠く、間に車通りの多い道路もあり、人間の側からしたら、仕方のないお別れだったのですが、猫目線からしたら、家族から捨てられたのと同じだったでしょう。


あれは引っ越しからどれくらいたった頃でしょうか。

アパートのそばに、おいちゃんを探しに行ったことがあります。

おいちゃんは名前を呼ぶと、どこからともなく出てきました。痩せてやつれて、表情が別の猫のようになっていました。

私にすり寄ると、いきなり腕に噛《か》みついて、そのままどこかに駆け去って行きました。

そのときまでは、噛んだりひっかいたりすることのなかった、優しい猫でした。

腕の傷はその後腫れて、いつまでも痛みが残りました。

あの白猫と出会ったのも別れたのも、遠い昔のことですから、彼はとっくの昔に死んだのだろうと思います。

もし、世界に不思議や奇跡があるならば、いつか虹の橋のたもとや、黄泉路の竹藪のそばで、私はおいちゃんと再会することがあるのでしょうか。

ほんとうには我が家の猫ではなかったけれど、彼目線ではきっとうちの猫だもの、我が家の猫たちとともに、並んで会いに来てくれるのでしょうか。

そのときは、にゃー、ではなく人間の言葉で会話ができて、あのときの別れのことをきちんと詫《わ》びることができたりもするのでしょうか。

もしも世界に不思議があれば。

あとがき

　私は作家という仕事柄、多少ものを綴ること、語ることが得手な、どこにでもいるひとりの猫飼いにすぎません。我が家の四匹の猫たちも、私には世界一可愛い猫たちですが、実のところ、世界にたくさんいる、ありふれて賢く美しく、可愛い猫たちと同じ猫で。だけどそんな、ありふれた、けれどささやかに尊い、いくつかの記憶のかけらを、こうして本にまとめられてよかったと思っています。
　猫飼いあるあるだよね、わかるわかる、なんてうなずきながら読んでいただけたら幸いです。そして猫たちの写真に、可愛い、と声をかけていただけましたら、嬉しいです。猫たちも喜ぶでしょう。

　また、私の住む、長崎という街――この古い歴史を持ち、文化的に豊かな地であり、一方で、今日までの間に幾度も悲しい出来事も起きた街。私には父祖の地で、十代の頃から暮らしているこの街の明るい空気と、朗らかでひとなつこいひとびとと、日差しを受けて輝く優しい海の光があってこそ、これまで私は、いろんな物語を描き続けてこられたような気がしています。そんな日々への愛と感謝を込めて、長崎を舞台にした童話を書けたことも、私には幸福でした。気がつけばいつもそこにあった故郷への今更ながらしたためたラブレターのようで、いささか面はゆいところもあるのですが、楽しんでいただければ幸いです。

そしてよければ、長崎へどうぞ遊びにいらしてくださいね。ここは良い街です。

最後になりましたが、この本を企画、編集してくださった、X-Knowledge編集部の三輪浩之さん、静内二葉さん、販売部の伊藤玲奈さん、ありがとうございました。

二見書房編集部の福ヶ迫昌信さんにも最初から最後までお世話になりました。

装幀と本文デザインにつきましては、拙著がいつもお世話になっている、岡本歌織さん(next door design)に今回は特に愛情溢れる美しい本を作り上げていただきました。

校正と校閲は、これもいつも頼りにさせていただいている、鷗来堂さん。心から、ありがとうございました。

また、長崎猫童話の長崎弁の台詞について教えていただいた、メトロ書店本店の川崎綾子さん、童心社編集部の橋口英二郎さん、友人である漫画家のマルモトイヅミさんには、情緒豊かな言葉の数々に感謝です。長崎の言葉の力があってこその、作品群となったと思っています。

マルモトさんには、童話に素晴らしい挿絵もいただきました。素敵な長崎の猫たちの写真も。

ほんとうにありがとうございました。今日までの長い友情にも感謝です。

そして、この本を手にし、読んでくださったみなさま。ありがとうございました。
あなたに、そしてあなたの愛する小さな家族に、たくさんの良いことがありますように。

二〇一九年　十二月二十三日

クリスマス直前の長崎の街より

心にいつも猫をかかえて　初出一覧

しっぽの話	2019/12/23 書き下ろし
あの猫この犬うさぎも小鳥も	2019/12/2 note
春・あるとらねこの物語	2019/9/5 note
タスカンソウル	2019/11/18 note
夏・八月の黒い子猫	2019/10/12 note
道を渡る猫たち	2019/9/2 note
仕事部屋に花火	2019/11/4 note
秋・レストラン猫目石	2019/12/6 書き下ろし
付き添う猫	2019/9/11 note
香りの記憶	2019/11/11 note
冬・クリスマスの女の子	2019/12/9 note
帰りたかった子どもの話	2019/9/8 note
その書店の名は	2003/9/10 エンピツ
もしも世界に不思議があれば	2019/11/24 note

心にいつも猫をかかえて

2020年4月13日　初版第1刷発行
2020年6月15日　　　　第2刷発行

著　者　村山早紀
発行者　澤井聖一

発行所　株式会社エクスナレッジ
〒106-0032 東京都港区六本木7-2-26
http://www.xknowledge.co.jp/

問合せ先　編　集
Tel／03-3403-1381　Fax／03-3403-1345　info@xknowledge.co.jp
販　売
Tel／03-3403-1321　Fax／03-3403-1829